张光年 全集

张光年 / 著
严 辉 / 主编

第一卷 诗歌一

华中师范大学出版社

新出图证(鄂)字 10 号
图书在版编目(CIP)数据

张光年全集. 第一卷 / 张光年著；严辉主编. —武汉：华中师范大学出版社，2022.6
ISBN 978-7-5622-9790-1

Ⅰ. ①张… Ⅱ. ①张… ②严… Ⅲ. ①诗集－中国－当代 Ⅳ. ①I227

中国版本图书馆 CIP 数据核字(2022)第 080848 号

张光年全集　第一卷

张光年　著　严　辉　主编

编辑室：学术出版中心	电话：027-67867792/3280
责任编辑：梅　杰	责任校对：肖　阳
出版发行：华中师范大学出版社	封面设计：罗明波
社址：湖北省武汉市洪山区珞喻路 152 号	邮编：430079
电话：027-67863426(发行部)　027-67861321(邮购)	
网址：http://press.ccnu.edu.cn	电子信箱：press@mail.ccnu.edu.cn
印刷：湖北新华印务有限公司	督印：刘　敏
开本：710mm×1000mm　1/16	字数：404 千字
版次：2022 年 9 月第 1 版	印次：2022 年 9 月第 1 次印刷
印张：25.75	插页：8	定价：142.00 元

欢迎上网查询、购书

敬告读者：欢迎举报盗版，请打举报电话 027-67867353

作者在上海(1937年5月)

作者在延安(1939 年 4 月)

作者与黄叶绿合影(1946 年 11 月)

作者在北京工人体育馆朗诵新诗《革命人民的盛大节日》(1976年11月)

作者在文艺晚会上朗诵《人人心中有个周恩来》(1998年2月)

参加《黄河大合唱》首演后抗敌演剧三队队员合影,四排左一为作者（1939年4月）

作者手书《黄河颂》(1991年)

《新型大合唱:黄河》
(重庆生活书店1940年版)

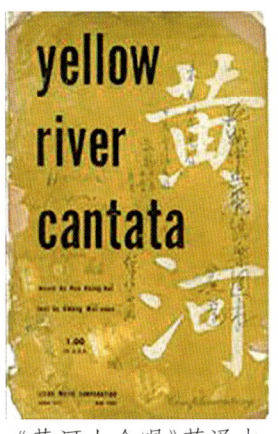
《黄河大合唱》英译本
(纽约 Leeds Music
Corporation 1946 年版)

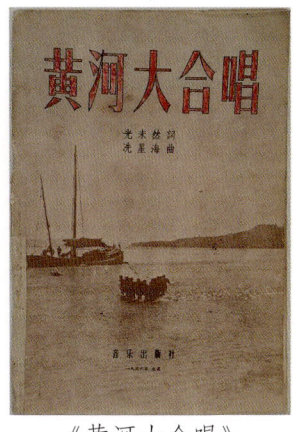
《黄河大合唱》
(音乐出版社1956年版)

《黄河大合唱》
(音乐出版社1965年版)

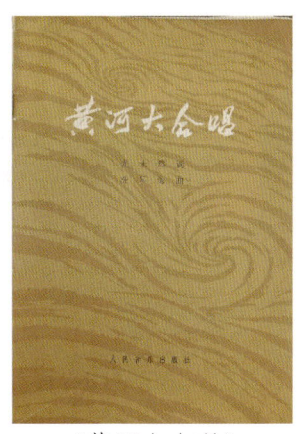
《黄河大合唱》
(人民音乐出版社
1975年版)

《黄河大合唱》
(人民音乐出版社
1978年版)

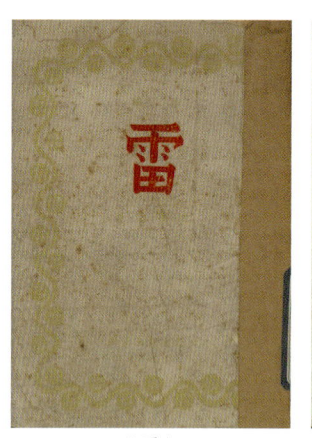
《雷》
(昆明北门出版社
1944年版)

《五月花》
(作家出版社
1960年版)

《田汉光未然歌词选》
(上海文艺出版社
1985年版)

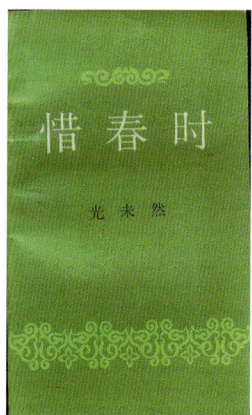
《惜春时》
(作家出版社
1988年版)

《光未然歌诗选》
(人民文学出版社
1990年版)

《光未然诗存》
(作家出版社
1998年版)

出版说明

《张光年全集》收张光年从 1934 年起至 2001 年创作的各类著述，按文体内容分类，以创作时间编年，计划编辑 9 卷，是一部完备的张光年文学著作总集。

《张光年全集》汇集编入了作者创作的所有文学作品，包括散见于报刊，作者生前未曾编选入集的诗歌、剧本、文论、散文等著述，以及由编者整理的没有发表过的手稿、书信等。

为避免篇目的重复，便于读者查阅，《张光年全集》各卷按文体分类，采用编年体例，以作品的创作时间或初刊时间为序编入。在版本校勘方面，曾收入《张光年文集》（人民文学出版社 2002 年出版）的作品，如不同时期的版本差别不大，则以《张光年文集》为底本，如内容差别较大，则以初刊为底本，并加以注明；未曾收入《张光年文集》的作品，据最初发表的报刊或手稿进行整理后编入。所收作品中的文字和标点符号，一般依照初刊或手稿原文，最大程度保留作品原貌，如属明显古今异文或讹误之处则加以改正。

本书除保留作者的原注外，适当增加了一些必要的注释，尤其对每篇作品的发表情况和编集情况进行了说明，卷末还附有作家各个时期自编作品集的目录，以增强本书的实用性和学术性。

限于我们的水平和经验，在编辑、注释或校勘等方面，粗疏错漏之处可能在所难免，希望得到广大读者的批评和指正。

编者

2021 年 10 月 30 日

本卷说明

本卷收入作者创作的全部歌词和新诗作品。这些作品中的大部分篇目曾收入作者的自编作品集：《雷》（北门出版社1944年版），《五月花》（作家出版社1960年版），《田汉光未然歌词选》（光未然部分，上海文艺出版社1985年版），《惜春时》（作家出版社1988年版），《光未然歌诗选》（人民文学出版社1990年版），《光未然诗存》（作家出版社1998年版）以及《张光年文集》（人民文学出版社2002年版）。其中还有部分作品来自最初发表的报刊或作者的手稿，系首次编集。

本卷分为歌词和新诗两辑，每辑的篇目排列，均按创作时间先后为序，如创作时间不明的篇目，则以发表或出版时间先后排序。每篇作品都注明了该作品的发表情况和编集情况，如系作者未曾编集的作品，则据初刊或手稿进行整理校订后编入。作者在发表诗歌作品时大都使用"光未然"这个笔名，故署名情况只在使用其他署名时加以注释。

需要特别说明的是，署名"华夫"（此为作者常用笔名之一）的《抗美援朝》不确定是否为作者的作品，只能收入附录，以供读者参考和研究。

目　录

歌　词

一九三六年

五月的鲜花 ………………………………………………… 3

一九三七年

高尔基纪念歌 ……………………………………………… 4

在绿星旗下 ………………………………………………… 6

游击队进行曲 ……………………………………………… 7

民族战争进行曲 …………………………………………… 8

山歌 ………………………………………………………… 10

戏剧抗战 …………………………………………………… 11

难民曲 ……………………………………………………… 12

伤兵慰劳歌 ………………………………………………… 15

抗日合唱 …………………………………………………… 17

女青年战歌 ………………………………………………… 19

拓荒歌 ……………………………………………………… 20

新时代的歌手——为全国歌咏团体作 …………………… 22

赞美新中国 ………………………………………………… 23

一九三八年

为独立、自由、幸福的新中国而奋斗！ ………………… 24

纪念五一节 ………………………………………………… 26

保卫东方的马德里 …………………………………………… 28

远征轰炸歌 …………………………………………………… 30

光化青年进行曲 ……………………………………………… 31

前哨剧团团歌 ………………………………………………… 32

一九三九年

黄河大合唱 …………………………………………………… 33
    一　黄河船夫曲 …………………………………………… 33
    二　黄河颂 ………………………………………………… 35
    三　黄河之水天上来 ……………………………………… 37
    四　黄水谣 ………………………………………………… 41
    五　河边对口曲 …………………………………………… 43
    六　黄河怨 ………………………………………………… 44
    七　保卫黄河 ……………………………………………… 46
    八　怒吼吧，黄河 ………………………………………… 47

月光曲 ………………………………………………………… 49

一九四七年

打老蒋好比下象棋 …………………………………………… 50

一九四九年

工人大合唱 …………………………………………………… 51
    （一）序曲 ………………………………………………… 51

庆祝人民政协会 ……………………………………………… 53

肃清反动派 …………………………………………………… 56

在毛泽东的旗帜下，胜利前进！ …………………………… 59

万岁！中华人民共和国！ …………………………………… 62

一九五一年

生活在毛泽东的时代 ………………………………………… 64

抗美援朝进行曲 ……………………………………………… 65

目 录

一九五二年

在祖国和平的土地上 ·············· 67

一九五三年

怀念斯大林 ······················ 69

和平之歌 ························ 71

一九五五年

青年的骏马在飞奔 ················ 73

一九五八年

三门峡大合唱 ···················· 75

  （一）龙虎斗 ················ 75

  （二）太阳出来一盆花 ········ 76

  （三）三门峡战歌 ············ 78

  （四）黄河英雄歌 ············ 80

  （五）晚风吹过三门峡 ········ 81

  （六）歌唱新黄河 ············ 83

劳动大军开到十三陵 ·············· 85

武装保卫和平 ···················· 87

朵朵红花心里开 ·················· 88

  锄草歌 ······················ 88

  千山万水放红光 ·············· 88

  朵朵红花心里开 ·············· 89

民兵歌 ·························· 90

一九六二年

乌云遮不住太阳——为声讨肯尼迪反共暴行而作 ··· 91

  工人阶级的骨头 ·············· 91

  美国是个大监狱 ·············· 91

  乌云遮不住太阳 ·············· 92

一九六三年

全世界无产者联合起来 ········· 94

美国黑人要自由——献给美国黑人弟兄 ········· 96

一九六四年

迎春曲 ········· 98

一九六五年

中日青年 团结起来 ········· 100

投入援越抗美斗争中 ········· 102

一九七七年

开国鸿文七十篇 ········· 104

一九九四年

人人心里有个周恩来 ········· 106

新　　诗

一九三七年

鲜血赞 ········· 109

一九三九年

鲁迅逝世三周年挽歌 ········· 112

一九四〇年

我去了，同志 ········· 115

春礼 ········· 118

锁着的箱子 ········· 120

　　哀诉 ········· 120

　　劝慰 ········· 123

怀念 ········· 127

素描二篇 ········· 129

擦皮鞋的人 ………………………………………………… 129
　　抬轿子的人 ………………………………………………… 130
春在纸上 ……………………………………………………… 132
去你的！——斥汪精卫 ……………………………………… 134
屈原 …………………………………………………………… 137

一九四一年

别 ……………………………………………………………… 160
给南洋诗人 …………………………………………………… 162

一九四二年

我的哀辞 ……………………………………………………… 164
绿色的伊拉瓦底 ……………………………………………… 167

一九四三年

午夜雷声 ……………………………………………………… 181
野性的呐喊（五章） ………………………………………… 187
　　烦躁 ………………………………………………………… 187
　　眼睛 ………………………………………………………… 189
　　细菌 ………………………………………………………… 191
　　焦渴 ………………………………………………………… 194
　　控诉 ………………………………………………………… 197
颂歌 …………………………………………………………… 199
镇魂曲 ………………………………………………………… 206
月夜竞奏曲——一个诗歌音乐晚会上的开场白 …………… 211

一九四五年

民主在欧洲旅行 ……………………………………………… 219
给新中国——欢迎新中国剧团和她的招牌 ………………… 237
市侩颂 ………………………………………………………… 243
我嘲笑 ………………………………………………………… 249

为胜利、团结与民主而歌 …………………………………………… 254

国民大会 ……………………………………………………………… 256

一九五〇年

为麦克阿瑟竞选 ……………………………………………………… 259

一九五二年

官僚主义害死人 ……………………………………………………… 261

一九五四年

热情的打字员 ………………………………………………………… 262

谒陵 …………………………………………………………………… 265

一九五五年

我的发言——写给青年的医务工作者们 …………………………… 266

一九五六年

向前看！大踏步前进！ ……………………………………………… 279

一九五八年

高声欢呼伊拉克 ……………………………………………………… 289

小诗三首（有序） …………………………………………………… 291

    劣根 ……………………………………………………………… 291

    优根 ……………………………………………………………… 292

    巨根 ……………………………………………………………… 292

寄北方 ………………………………………………………………… 293

怒火 …………………………………………………………………… 294

歌红色卫星——祝十月革命四十一周年 …………………………… 296

一九五九年

火箭篇 ………………………………………………………………… 299

一九六二年

赠古巴女英雄梅耳巴 ………………………………………………… 304

目 录

钢骨铁胆 ……………………………………………………… 306

一九六四年

巴拿马口号 …………………………………………………… 312

一九六五年

夺取春光用武装——祝贺越南南方人民过春节 …………… 314

一九七六年

革命人民的盛大节日 ………………………………………… 316
惊心动魄的一九七六年——献给敬爱的周恩来总理 ……… 320

一九七七年

英雄钻井队——献给一不怕苦二不怕死的三二二二英雄钻井队 …… 326
毛主席登高望远看世界 ……………………………………… 347

一九八一年

聂耳墓前 ……………………………………………………… 350

一九八二年

愿健美的歌声唱遍城乡——《中国歌词选》序言 ………… 353

一九八七年

痛心的诀别——怀念郭沫若同志 …………………………… 354
致严良堃的指挥棒 …………………………………………… 358

一九八八年

鹿回头歌——观三亚鹿回头雕塑有感 ……………………… 359
红树林之歌 …………………………………………………… 361
友谊 …………………………………………………………… 366

一九八九年

为什么——抗敌演剧队五十周年纪念会书感 ……………… 368
握手 …………………………………………………………… 370

一九九一年

访深圳老街——兼怀亡友侯金镜同志 …… 372
题女娲补天雕像——兼怀亡友傅天仇同志 …… 374
无土栽培菜圃 …… 376
星海园沉思录 …… 378

一九九三年

茶园漫步 …… 382

一九九五年

童话——记录小孙儿都都说给光年爷爷的话 …… 384
    一　动画世界 …… 384
    二　明天晚点来 …… 385

二〇〇〇年

《骈体语译〈文心雕龙〉》序诗——谨以此书献给新世纪的文学青年
　…… 386
《光未然历险记》殿尾诗（七首） …… 387
    说与长江——《武汉上海奔去来》殿尾诗 …… 387
    浪尖上的小海燕——《少年惊弓记》殿尾诗 …… 388
    提醒自己——《鄂北奇遇记》殿尾诗 …… 389
    化身博士——《奇异的旅程》殿尾诗 …… 389
    心随流涌渡黄河——《堕马折臂去延安》殿尾诗 …… 390
    大梦初醒——《怀着感激的眼泪》殿尾诗 …… 391
    敬礼——《从伊江到怒江》殿尾诗 …… 395

附录：抗美援朝 …… 397

歌　词

❋一九三六年❋

五月的鲜花[①]

五月的鲜花开遍了原野,
鲜花掩盖着志士的鲜血。
为了挽救这垂危的民族,
他们曾顽强地抗争不歇。

如今东北已沦亡了五年,
我们天天在痛苦中熬煎!
失掉自由更失掉了饭碗,
屈辱地忍受那无情皮鞭!

敌人的铁蹄越过了长城,
中原大地依然歌舞升平。
"亲善"!"睦邻"!啊!卑污的投降!
忘掉了国家更忘掉了我们!

再也忍不住满腔的愤怒,
我们期待着这一声怒吼。
吼声惊起这不幸的一群,
被压迫者一齐挥动拳头!

一九三六年五月写于汉口

[①] 本篇最初发表于1936年《一般》(汉口)周刊第1卷第20期,系独幕剧《阿银姑娘》中的歌词,后由阎述诗作曲,传唱大江南北。曾收入《田汉光未然歌词选》《光未然歌诗选》《光未然诗存》和《张光年文集》(第一卷)。这里内容据初刊。

❋一九三七年❋

高尔基纪念歌[①]

你是伟大民族的子孙,
你是被压迫者的救星!
你是人间最大的痛苦,
你来自深渊的底层!

你是一把光辉的火炬,
照耀着俄罗斯的前程,
你是一股巨大的激流,
冲毁了伏尔加的堤身!

啊!高尔基!伟大的战士!
啊!高尔基!真理的化身!
你匆匆地,匆匆地离开了我们,
你匆匆地,匆匆地离开了我们!

我们东方被压迫的民族,
我们痛苦卑贱的灵魂,
痛苦给我们最大的力量,
我们燃烧着复仇的决心!

---

① 本篇作于1937年6月,最初发表于1937年《月报》(上海)第1卷第7期。系为纪念高尔基逝世周年而作,由冼星海谱曲。曾先后收入《光未然歌诗选》《光未然诗存》和《张光年文集》(第一卷)。这里内容据初刊。

我们不做说谎的金翅鸟，
我们要做自由翱翔的雄鹰！
我们不投降，还要立誓
消灭那不肯投降的敌人！

啊！高尔基！伟大的战士！
啊！高尔基！真理的化身！
我们要用行动扩大群众的哭诉，
我们要用鲜血追悼你伟大的灵魂！

在绿星旗下[①]

为什么全球不能成一家?
为什么人间纠纷乱如麻?
为什么同是大地的儿女,
却说着彼此听不懂的话?
为什么同是大地的儿女,
却打着永远打不完的架?

在绿星的旗帜下,
沟通全世界被压迫者的心声。
在绿星的旗帜下,
团结全世界受难的人群。
在绿星的旗帜下,
进行那追求自由和平的斗争!

---

① 本篇作于1937年6月,为纪念世界语诞生50周年而作,由张曙谱曲。曾收入《光未然歌诗选》《光未然诗存》和《张光年文集》(第一卷)。这里内容据初刊。

游击队进行曲[1]

走上前去,
我们抗日的游击队!
我们是老百姓的军队,
老百姓的武力。
举起我们的刀枪,
对准残暴的敌人。
用我们的游击战术,
把日本强盗肃清!
中国已经觉醒,
前途无限光明。
走上前去,
我们抗日的游击队!
我们是老百姓的军队,
老百姓的武力。

---

[1] 本篇作于1937年秋,由一石(盛家伦)作曲,发表于1937年《战线》第4期。曾收入《张光年文集》(第一卷)。

民族战争进行曲[①]

起来！东方被压迫的民族！
起来！全中国的人民！
满腔的热血已经沸腾！
作一次英勇的抗争！
谁愿意天天受人欺凌！
同胞们！起来！起来！
别怕他敌人逞凶狠，
我们有四万万条性命！
这是神圣的战争！
团结起来！用热血
保卫中华民族永久的生存！
这是神圣的战争！
团结起来！用热血
保卫中华民族永久的生存！

说什么维护东亚和平！
我们失掉了东四省！
说什么退让和容忍，
我们的华北被占领！
我们的国土已经丧尽！
同胞们！起来！起来！

[①] 本篇最初发表于1937年《国民》（上海）第1卷第13期，原文注有"用International原谱"，即使用《国际歌》原谱。未曾收入自编作品集和文集。

快擂起抗敌的战鼓，
把枪口一齐对准敌人！
这是神圣的战争，
团结起来！用热血
保卫中华民族永久的生存！
这是神圣的战争，
团结起来！用热血
保卫中华民族永久的生存！

起来！全中国的人民！
准备着最后的牺牲！
建立坚强的民族阵线，
作一次决死的斗争！
谁愿做贪生怕死的畜生！
同胞们！起来！起来！
把敌人赶出中国去！
把大好河山重新整顿！
这是神圣的战争，
团结起来！用热血
保卫中华民族永久的生存！
这是神圣的战争，
团结起来！用热血
保卫中华民族永久的生存！

山　　歌[①]

好花儿也要蜂蝶儿采，
好树儿也有黄莺儿憩，
我的情郎啊，
你为什么不到我这儿来，

莫不是疯狗把你的腿儿伤？
莫不是蝎子把你脚儿坏？
莫不是东洋鬼子
把你的性命来加害？

情郎呀，你快来，
你我二人要把主意来安排，
大家团结在一起，
打走鬼子才能过得好日月！
打走鬼子才能过得好日月！

[①] 本篇作于1937年，系独幕剧《沦亡以后》中的歌词，由冼星海谱曲。未曾收入自编作品集和文集。

戏剧抗战①

我们是青年的演剧队员，
我们用戏剧从事宣传，
舞台是我们的堡垒，
街头是我们的营盘，
台上台下打成一片，
演员观众一致抗战，

打倒日本强盗，
收复大好河山，
努力吧！努力吧！
青年的演剧队员，
前进吧！前进吧！
青年的演剧队员。

---

① 本篇写于全国戏剧界抗敌协会成立之日，是独幕剧《沦亡以后》中的歌词，发表于1938年1月28日《大公报》（汉口）的《战线》副刊，由冼星海作曲。未曾收入自编作品集和文集。

难 民 曲[1]

八月十三那一天啊
黄浦江中起狼烟啊
咦呀海　呀呼海
黄浦江中起狼烟啊
呀呼海　咦呀海

日本强盗的大兵船啊
对着上海开炮弹啊
咦呀海　呀呼海
对着上海开炮弹啊
呀呼海　咦呀海

飞机在天空呜呜叫啊
丢下的炸弹真不少啊
咦呀海　呀呼海
丢下的炸弹真不少啊
呀呼海　咦呀海

浦东闸北一片红啊
百姓的血汗都成空啊

---

[1] 本篇发表于1937年9月29日—30日《大公报》（汉口）副刊《战线》，是独幕剧《难民曲》中的歌词，剧本中说明："用《锄头歌》谱。"未曾收入自编作品集和文集。

难 民 曲

咦呀海　呀呼海
百姓的血汗都成空啊
呀呼海　咦呀海

中国出动了陆空军啊
誓和敌人拼性命啊
咦呀海　呀呼海
誓和敌人拼性命啊
呀呼海　咦呀海

敌人抵不住中国兵啊
拼命乱杀老百姓啊
咦呀海　呀呼海
拼命乱杀老百姓啊
咦呀海　呀呼海

百姓赤手又空拳啊
冲出战区来逃难啊
咦呀海　呀呼海
冲出战区来逃难啊
呀呼海　咦呀海

丢掉了爹娘丢掉家啊
我们的心中乱如麻啊
咦呀海　呀呼海
我们的心中乱如麻啊
呀呼海　咦呀海

难民好比是丧家犬啊
街头巷尾好安眠啊

咦呀海　呀呼海
街头巷尾好安眠啊
呀呼海　咦呀海

风吹雨打烈日烧啊
肚中饥饿真难熬啊
咦呀海　呀呼海
肚中饥饿真难熬啊
呀呼海　咦呀海

中国决心在抗战啊
我们吃苦不抱怨啊
咦呀海　呀呼海
我们吃苦不抱怨啊
呀呼海　咦呀海

我们的敌人是日本啊
打倒日本好安身啊
咦呀海　呀呼海
打倒日本好安身啊
呀呼海　咦呀海

伤兵慰劳歌①

咬着牙根,
忍住呻吟,
同志们,
为了保卫国土,
你们英勇抗争,
为了消灭敌人,
你们创痛遍身。
敌人在你们的冲锋中败退了,
祖国在你们的流血中得救了,
老百姓在你们的牺牲中自由了!
辛苦了,同志们!
辛苦了,同志们!

咬着牙根,
忍住呻吟,
同志们,
前面弟兄受伤,
后面立刻补上,
你们受了重伤,
敌人吃了败仗。

---

① 本篇有两个音乐版本:一为云深作曲,发表于1937年《战线》第8期;一为雪庵(刘雪庵)作曲,发表于1938年《战歌》第5期。曾收入《张光年文集》(第一卷),标题作《慰劳伤兵歌》。这里内容据初刊。

敌人在你们的冲锋中败退了，
祖国在你们的流血中得救了，
老百姓在你们的牺牲中自由了！
辛苦了，同志们！
辛苦了，同志们！

抗日合唱[1]

是谁杀死我们的父母兄弟?
还有我们的妻子儿女?
把我们的房屋在炮火下变成灰?

是谁夺去我们的广大土地?
还有我们的矿产粮米?
把我们的子孙永远做他们的奴隶?

他们是东洋强盗!
他们是东洋强盗!
是凶恶的日本帝国主义!

起来!全中国的同胞,
把抗日救亡的旗帜高高举起!
高高举起!举起!举起!举起!

起来!争自由的奴隶!
把压迫我们的枷锁
快快打碎!快快打碎!打碎!打碎!打碎!

---

[1] 本篇最初发表于1937年9月20日《大公报》(汉口)副刊《战线》,有两个音乐版本,歌词略有不同:一为《抗日合唱》(江定仙作曲),一为《最后的胜利是我们的》(夏之秋作曲,发表于1938年《战歌》第5期)。曾收入《张光年文集》(第一卷)。

这是伟大的斗争，
这是光荣的战斗！
最后的胜利是我们的！
最后的胜利是我们的！

女青年战歌①

我们是中国的女青年,
我们站在斗争的最前线!
抗敌救亡的责任,
我们挺身来负担!
中国到了生死的关头,
哪分什么女和男?
打碎封建的枷锁,
把旧礼教一脚踢翻!
我们能吃苦,
我们不怕难;
我们能吃苦,
我们不怕难。
我们是中国的女青年,
我们站在斗争的最前线!

---

① 本篇作于1937年冬。后由夏之秋作曲,发表于1938年《战歌》第6期。曾收入《张光年文集》(第一卷)。

拓 荒 歌①

这儿是沙漠，
这儿是荒原，
这儿是白茫茫的一片。
起来，勇敢的拓荒队员！
举起我们的锄头，
挥动我们的铁铲，
把沙漠变成绿洲，
把荒野变成良田。

这儿是荆棘，
这儿是高山，
这儿是黑漆漆的一团。
起来，勇敢的拓荒队员！
举起我们的锄头，
挥动我们的铁铲，
把荆棘变成花园，
把山谷变成平原。

起来，勇敢的拓荒队员！
这工作是大家的，

---

① 本篇发表于 1937 年 11 月 29 日《大公报》（汉口）副刊《战线》，为新成立的拓荒剧团而写，由冼星海作曲。曾收入《田汉光未然歌词选》《光未然歌诗选》《光未然诗存》和《张光年文集》（第一卷）。

大家一同来干!
这收获是大家的,
大家一同来干!

　　　　　　　一九三七年十一月写于汉口

新时代的歌手[①]
——为全国歌咏团体作

我们新时代的歌手,
有钢铁一般的歌喉,
用钢铁般的歌声,
为民族解放而怒吼。

我们新时代的歌手,
有钢铁一般的队伍,
用钢铁般的力量,
为民族解放而奋斗。

我们新时代的歌手,
有钢铁一般的拳头,
打倒日寇汉奸走狗,
争取土地、面包、自由。

我们新时代的歌手,
有钢铁一般的歌喉,
铁的队伍,铁的拳头,
建设钢铁一般的中华民族!

[①] 本篇写于全国歌咏协会成立日,发表于 1938 年 1 月 27 日《大公报》(汉口)副刊《战线》,后由冼星海作曲。曾收入《张光年文集》(第一卷)。

赞美新中国[①]

我们唱着歌,
赞美新中国。
中国统一了,
全民大联合。
中国抗战了,
合力御强暴。
四十年的耻辱,
今天一笔勾销。
五千年的国家,
今天重新改造。
改造!改造!
这伟大的担子,
要伟大的国民自己挑!
看吧,看吧,
新的中国,
创造在战斗之中!
看吧,看吧,
新的中国,
在战斗之中创造!
创造!创造!
我们唱着歌,
赞美新中国!

[①] 本篇作于1937年11月,又名《新中国》,由冼星海作曲。曾收入《田汉光未然歌词选》《光未然歌诗选》《光未然诗存》和《张光年文集》(第一卷)。这里内容据初刊。

❋一九三八年❋

为独立、自由、幸福的新中国而奋斗！[1]

快动手！
快动手！
快动手！
我们要为独立、自由、幸福的新中国而奋斗！
莫等候！
莫等候！
莫等候！
我们要为独立、自由、幸福的新中国而奋斗！
民族的耻辱,
凭谁来扫除？
民权的自由,
凭谁来保护？
民生的痛苦,
凭谁来解放？
同胞们！
同胞们！
快起来奋斗。
打倒日寇,
争取我们的独立,
拥护政府,

---

[1] 本篇作于1938年，为抗战周年纪念而作，由李伟作曲。未曾收入自编作品集和文集。

争取我们的自由,
努力建国,
争取我们的幸福。
快动手!
快动手!
快动手!
莫等候!
莫等候!
莫等候!
别怕它荆棘满途,
用自己的血,
打开自己的路!
四万万五千万的人口,
我们共同奋斗;
全世界被压迫的朋友,
我们一同携手:
结成钢铁的阵线,
擂动抗敌的战鼓,
看!
敌人在前面发抖了!
朋友们!
赶上前去!
扑灭它!
扑灭它!
扑灭它!
为独立、自由、幸福的新中国而奋斗!

纪念五一节[①]

全国工友站起来，
今天是我们的五一节，
站起来，站起来
今天是我们的五一节。

工人的利益莫放松，
一天做工八点钟，
八点钟，八点钟，
工人的利益不放松。

日本鬼子死对头，
工人的鲜血到处流，
死对头，死对头，
不杀鬼子誓不休。

努力抗战莫彷徨，
工人的阵线坚如钢，
坚如钢，坚如钢，
大家拼命干一场。

[①] 本篇作于1938年，由冼星海作曲，发表于1938年《抗战》三日刊第67期。未曾收入自编作品集和文集。

全国工友站起来，
今天是我们的五一节，
站起来，站起来，
今天是我们的五一节。

保卫东方的马德里[①]

（一人）保卫大武汉！
（众人）保卫大武汉！

拿出你们的力量，
拿出你们的金钱，
加入正规军，
坚持持久战，
组成自卫军，
发动游击战，
不分男的女的老的少的，
一齐上前线。

大武汉，大武汉
他是金城汤池，
铜墙铁壁，
他是中国的凡尔登，
东方的马德里。

（一人）大武汉老百姓团结起来，
（合）团结起来团结起来

---

① 本篇写于 1938 年，为武汉会战而写，由冼星海作曲。未曾收入自编作品集和文集。

组成救护队，慰劳队
　　宣传队，运输队，
　　侦察队，劝募队
　　锄奸队，自卫队
齐把战斗责任担负起，
军民成一体，
抗战直到底。

（一人）打倒日本帝国主义
（众人）打倒日本帝国主义，

大武汉是我们的，
是我们的，是我们的！

（一人）大武汉是我们的
（合）是我们的，是我们的！

远征轰炸歌①

我们乘长风,
我们去征东。
远飞一万里,
英勇向前冲。
携弹十万吨,
并不随意用,
对日本强盗看准轰。

我们是中国的空军,
空中的英雄,
同胞期望隆,
领袖付托重,
趁着天高云浓,
热血正红,
一举建奇功。
我们是中国的空军,
空中的英雄。

---

① 本篇大约作于1938年,后由夏之秋作曲,发表于1941年《新歌曲》第1卷第3期。未曾收入自编作品集和文集。

光化青年进行曲[①]

起来！光化青年，
起来！光化青年。
快参加伟大的抗战，
快走上抗日的前线！
听吧！遍野的哀鸿悲鸣，
看吧！四处的烽火连天。
中国已经没有一片干净土，
要得生存就得拼着自己干，
把醉生梦死的人们快快呼唤，
把萎靡偷安的心情快快弃捐，
把坚强奋勇的意志快快锻炼，
把抗日救亡的责任快快承担。
快快承担，快快承担，光化的青年，
快快承担，快快承担，光化的青年。

[①] 本篇写于1938年，系作者为家乡成立的光化青年抗日救国团而作，并由作者谱曲教唱给团员。未曾收入自编作品集和文集。

前哨剧团团歌[①]

不怕我们年纪小，
我们战斗在前哨。
用戏剧的武器，
把日本强盗打倒；
用钢铁的歌声，
为人民解放而怒号。

在舞台上，
在偏僻的村庄，
在前线，
在敌人的后方，
看！我们少年的先锋，
我们民族的前哨，
掀起了民族解放的怒潮。

怒潮！洗刷民族的耻辱，
怒潮！消灭敌人的狂暴，
怒潮把几十年的耻辱一笔勾销。

同志们，同志们努力在今朝，
同志们，同志们战斗在前哨，在前哨！

---

① 本篇作于1938年12月，是作者为前哨剧团所作的团歌，由邬析零作曲。未曾收入自编作品集和文集。

✻一九三九年✻

黄河大合唱[1]

一　黄河船夫曲

（朗诵词）

朋友！
你到过黄河吗？
你渡过黄河吗？
你还记得河上的船夫
拼着性命
和惊涛骇浪搏战的情景吗？
如果你已经忘掉的话，
那么你听吧！

（歌　词）

咳哟！
划哟！划哟！划哟！
划哟，冲上前！
划哟，冲上前！……

---

[1] 本篇作于1939年3月，8月由生活书店（重庆）初版，名为《黄河——新型大合唱》，洗星海作曲。曾收入《田汉光未然歌词选》《光未然歌诗选》《光未然诗存》和《张光年文集》（第一卷）。

咳哟!
乌云啊,
遮满天!
波涛啊,
高如山!
冷风啊,
扑上脸!
浪花啊,
打进船!
咳哟!
伙伴啊,
睁开眼!
舵手啊,
把住腕!
当心啊,
别偷懒!
拼命啊,
莫胆寒!
咳!划哟!
咳!划哟!
不怕那千丈波涛高如山!
不怕那千丈波涛高如山!
行船好比上火线,
团结一心冲上前!
咳!划哟!
咳!划哟!
咳哟!划哟!……
划哟!冲上前!
划哟!冲上前!……
咳哟!

哈哈哈哈……
我们看见了河岸,
我们登上了河岸,
心啊安一安,
气啊喘一喘。
回头来,
再和那黄河怒涛
决一死战!
决一死战!

二 黄河颂

(朗诵词)

啊,朋友!
黄河以它英雄的气魄,
出现在亚洲的原野;
它象征着我们民族的精神:
伟大而且崇高!
这里,
我们向着黄河,
唱出我们的赞歌。

(歌 词)

我站在高山之巅,
望黄河滚滚,
奔向东南。
金涛澎湃,
掀起万丈狂澜;
浊流宛转,

结成九曲连环；
从昆仑山下
奔向黄海之边；
把中原大地
劈成南北两面。
啊！黄河！
你是我们民族的摇篮！
五千年的古国文化，
从你这儿发源；
多少英雄的故事，
在你的身边扮演！
啊！黄河！
你是伟大坚强，
像一个巨人
出现在亚洲莽原之上，
用你那英雄的体魄
筑成我们民族的屏障。
啊！黄河！
你一泻万里，
浩浩荡荡，
向南北两岸
伸出千万条铁的臂膀。
我们民族的伟大精神，
将要在你的保育下
发扬滋长！
我们祖国的儿女，
将要学习你的榜样，
像你一样的伟大坚强！
像你一样的伟大坚强！

三　黄河之水天上来

（朗诵词）

黄河！
我们要学习你的榜样，
像你一样的伟大坚强。
这里，
我们在你面前，
献上一首长诗，
哭诉我们民族的灾难。

（歌　词）

黄河之水天上来，
排山倒海，
汹涌澎湃，
奔腾叫啸，
使人肝胆破裂！
这是中国的大动脉，
在它的周身，
奔流着民族的热血。
红日高照，
水上金涛迸裂。
月出东山，
河面银光似雪。
它震动着，
跳跃着，
像一条飞龙，
日行万里，

注入浩浩的东海。
虎口——龙门，
摆成天上的奇阵；
人，
不敢在它的身边挨近；
就是毒龙
也不敢在水底存身。
从十里路外，
仰望着它的浓烟上升，
像烧着漫天大火，
使你感到热血沸腾；
其实——
凉气逼来，
你会周身感到寒冷。
它呻吟着，
震荡着，
发出十万万匹马力，
摇动了地壳，
冲散了天上的乌云。
啊，黄河！
河中之王！
它是一匹疯狂的野兽啊，
发起怒来，
赛过千万条毒蟒，
它要作浪兴波，
冲破人间的堤防；
于是，
黄河两岸，
遭到可怕的灾殃：
它吞食了两岸的人民，
削平了数百里外的村庄，

使千百万同胞
扶老携幼,
流亡他乡,
挣扎在饥饿线上,
死亡线上!
如今
两岸的人民,
又受到空前的灾难:
东方的海盗,
在亚洲原野,
伸张着杀人的毒焰;
于是,
饥饿和死亡,
像黑热病一样
在黄河的两岸传染!
啊,黄河!
你抚育着我们民族的成长;
你亲眼看见,
这五千年的古国
遭受过多少灾难!
自古以来,
在黄河边上
展开了无数血战,
让累累白骨
堆满你的河身,
殷殷鲜血
染红你的河面!
但你从没有看见
敌人的残暴
如同今天这般!
也从没有看见

黄帝的子孙
像今天这样
开始了全国动员；
在黄河两岸，
游击兵团，
野战兵团，
星罗棋布，
散布在敌人后面；
在万山丛中，
在青纱帐里，
展开了英勇的血战！
啊，黄河！
你记载着我们民族的年代。
古往今来，
在你的身边
兴起了多少英雄豪杰！
但是，
你从不曾看见
四万万同胞
像今天这样
团结得如钢似铁；
千百万民族英雄，
为了保卫祖国
洒尽他们的热血；
英勇的故事，
像黄河怒涛，
山岳一般的壮烈！
啊，黄河！
你可曾听见
在你的身旁

响彻了胜利的凯歌?
你可曾看见
祖国的铁军
在敌人后方
布成了地网天罗?
他们把守着黄河两岸,
不让敌人渡过!
他们要把疯狂的敌人
埋葬在滚滚的黄河!
啊,黄河!
你奔流着,
怒吼着,
替法西斯的恶魔
唱出灭亡的葬歌!
你怒吼着,
叫啸着,
向着祖国的原野,
响应我们伟大民族的
胜利的凯歌!

四　黄水谣

(朗诵词)

我们是黄河的儿女!
我们艰苦奋斗,
一天天接近胜利。
但是,
敌人一天不消灭,
我们一天便不能安身。

不信,你听听
河东民众痛苦的呻吟。

(歌　词)

黄水奔流向东方,
河流万里长。
水又急,
浪又高,
奔腾叫啸如虎狼。
开河渠,
筑堤防,
河东千里成平壤。
麦苗儿肥啊,
豆花儿香,
男女老少喜洋洋。
自从鬼子来,
百姓遭了殃!
奸淫烧杀,
一片凄凉,
扶老携幼,
四处逃亡,
丢掉了爹娘,
回不了家乡!
黄水奔流日夜忙,
妻离子散,
天各一方!
妻离子散,
天各一方!

五 河边对口曲

（朗诵词）

妻离子散，
天各一方！
但是，
我们难道永远逃亡？
你听听吧，
这是黄河边上
两个老乡的对唱。

（歌　词）

张老三，我问你，
你的家乡在哪里？

我的家，在山西，
过河还有三百里。

我问你，在家里
种田还是做生意？

拿锄头，耕田地，
种的高粱和小米。

为什么，到此地，
河边流浪受孤凄？

痛心事，莫提起，

家破人亡无消息。

张老三，莫伤悲，
我的命运不如你！

为什么？王老七，
你的家乡在何地？

在东北，做生意，
家乡八年无消息。

这么说，我和你
都是有家不能回！

仇和恨，在心里，
奔腾如同黄河水！
黄河边，定主意，
咱们一同打回去！
为国家，当兵去，
太行山上打游击！
从今后，我和你
一同打回老家去！

六　黄河怨

（朗诵词）

朋友！
我们要打回老家去！
老家已经太不成话了！

谁没有妻子情人,
谁能忍受敌人的蹂躏?
有良心的中国人啊!
你且听听
一个妇人悲惨的歌声。

（歌　词）

风啊,
你不要叫喊!
云啊,
你不要躲闪!
黄河啊,
你不要呜咽!
今晚,
我在你面前
哭诉我的愁和怨!
命啊,
这样苦!
生活啊,
这样难!
鬼子啊,
你这样没心肝!
宝贝啊,
你死得这样惨!
我和你无仇又无冤,
偏让我无颜偷生在人间!
狂风啊,
你不要叫喊!
乌云啊,
你不要躲闪!
黄河的水啊,

你不要呜咽!
今晚
我要投在你的怀中,
洗清我的千重愁来万重冤!
丈夫啊,
在天边!
地下啊,
再团圆!
你要想想妻子儿女死得这样惨!
你要替我把这笔血债清算!
你要替我把这笔血债清还!

七 保卫黄河

(朗诵词)

但是,
中华民族的儿女啊,
谁愿像猪羊一般
任人宰割?
我们要抱定必死的决心,
保卫黄河!
保卫华北!
保卫全中国!

(歌 词)

风在吼。
马在叫。
黄河在咆哮。
黄河在咆哮。

河西山岗万丈高。
河东河北
高粱熟了。
万山丛中,
抗日英雄真不少!
青纱帐里,
游击健儿逞英豪!
端起了土枪洋枪,
挥动着大刀长矛,
保卫黄河!
保卫家乡!
保卫华北!
保卫全中国!

八　怒吼吧,黄河!

(朗诵词)

听啊:
珠江在怒吼!
扬子江在怒吼!
啊!黄河!
掀起你的怒涛,
发出你的狂叫,
向着全中国被压迫的人民,
向着全世界被压迫的人民,
拉起你战斗的警号吧!

(歌　词)

怒吼吧,黄河!

怒吼吧，黄河！
怒吼吧，黄河！
掀起你的怒涛，
发出你的狂叫！
向着全世界的人民，
发出战斗的警号！
啊——
五千年的民族，
苦难真不少！
铁蹄下的民众，
苦痛受不了！
受不了……
但是，
新中国已经破晓；
四万万五千万民众
已经团结起来，
誓死同把国土保！
你听，你听，你听：
松花江在呼号；
黑龙江在呼号；
珠江发出了英勇的叫啸；
扬子江上
燃遍了抗日的烽火！
啊！黄河！
怒吼吧，怒吼吧，怒吼吧！
向着全中国受难的人民，
发出战斗的警号！
向着全世界受难的民族，
发出战斗的警号！

一九三九年三月写于延安

月 光 曲[①]

松花江上月朗朗，
晚风吹来银波荡漾，
东北同胞三千万，
共赏这一轮好月光。
月光下闯进了虎狼，
月光下遭尽了灾殃。
国破家亡，流浪他乡，
国破家亡，他乡流浪！
啊！今晚月色明朗，
恰如当年在松花江。
呵！月光你伴着我们，
忍受了八年的凄凉，
八年的凄凉。
你还要我们忍受到什么时光？
你还要我们流浪到什么时光！

---

① 本篇作于1939年4月，冼星海作曲。未曾收入自编作品集和文集。

※一九四七年※

打老蒋好比下象棋[①]

打老蒋好比下象棋,
先吃他卒子后吃他车。
全盘兵马都吃尽啊,
咳咳!
看他老蒋跑到哪里!

　　　　　　一九四七年五月写于晋冀鲁豫边区北方大学

[①] 本篇作于1947年,由作者本人作曲。曾收入《张光年文集》(第一卷)。

❋一九四九年❋

工人大合唱[①]

序　　曲

鲜花遍地开
无产阶级像巨人
顶天立地站起来
是钢铁
像大海
它是巨人
消灭那妖魔鬼怪

高声地唱
黑暗的时代
快要过去
快乐地笑
人类的春天
就要来到
锦绣河山新气象
新世界主人出现
旧社会要打倒

[①] 本篇发表于1949年《新音乐周刊》（北平）第8卷第1期，署名赵戈枫作词，刘恒之作曲。本篇只有序曲部分，未曾收入自编作品集和文集。

新世界要创造
民主自由新世界
我们来创造

太阳放光彩
像巨人站起来
它的力量是钢铁
它的智慧像大海
它为人类谋解放

高声地唱
黑暗的时代
快要过去
快乐地笑
人类的春天
就要来到
锦绣河山新气象
新世界主人出现
旧社会要打倒
新世界要创造
民主自由新世界
我们来创造

庆祝人民政协会①

打呀打起鼓,
敲呀敲起锣,
跳呀跳起舞,
唱个胜利歌。
庆祝人民的政协会,
庆祝人民民主的新中国。

鼓声动地响,
歌声飞上天,
欢呼如雷动,
欢舞成一圈。
艰苦奋斗一百年,
人民的希望实现在今天。

帝国主义滚出去,
封建势力要肃清,
没收了官僚资本,
人民大翻身。
打倒了三大敌人,
人民大翻身。
新民主主义的新中国,

---

① 本篇是大歌舞《人民胜利万岁》中的第三部分,刘铁山作曲。未曾收入自编作品集和文集。

好像一轮红日向上升。
升呀升呀越升越明，
全国人民齐欢腾。

共产党来领导，
工农大联盟，
全民团结起，
团结成一个人。
坚决镇压反动派，
民主的政权属于人民。

开展大生产，
发展新文化，
劳动创造世界，
建设新国家。
一天乌云风吹散，
眼看红光照耀满天霞。

不怕风浪大，
不怕困难多，
船头露出地平线，
毛主席来掌舵。
万里长征开步走，
走向富强康乐的新中国。

国际朋友多，
中苏大联合，
和平力量大，
高唱胜利歌。
全世界的人民欢呼毛泽东，

全世界的人民欢呼新中国。

打呀打起鼓，
敲呀敲起锣，
跳呀跳起舞，
唱呀唱起歌，
万岁，万岁，万万岁！
中华人民共和国！

肃清反动派[1]

太阳高来红旗飘，
悬灯结彩好热闹。
全国人民来庆祝，
人民的政协会议
开幕了

人民抗战整八年，
蒋介石躲在峨眉山在，
他等到日本鬼子投了降，
他勾结美国打内战。

我们的仇人是哪一个？
美帝国主义最可恨。
他帮助蒋介石飞机大炮，
他帮助蒋介石屠杀人民。

我们的救星是哪一个？
共产党和人民解放军。
解放大军向前进，
排山倒海歼灭敌人。

---

[1] 本篇是大歌舞《人民胜利万岁》中的第四部分，刘铁山作曲。未曾收入自编作品集和文集。

好像狂风扫落叶,
好像雷电穿乌云,
好像大海起风浪,
鱼龟虾蟹各自逃生。
好像那太阳当空照,
妖魔鬼怪显了原形。

美帝国主义最可恨,
阴谋失败了他不甘心,
他发表了白皮书他吓唬人。
他妄想组织第五纵队,
民主个人主义要当心!
他的算盘打错了,
戳穿了纸老虎他吓不了人。

我们的朋友是哪一个?
苏联他帮助咱们一片热忱。
他帮助咱们解放东北打日本,
他帮助咱们打垮日本。
他领导国际和平阵线,
他领导全世界的劳动人民。
中苏友好一边倒,
结成了革命的大家庭。

人民的政协开大会,
全国人民大狂欢。
悬灯结彩来庆祝,
秧歌锣鼓闹不完!

艰苦奋斗一百年,

新民主主义要实现，
三大敌人一齐打倒，
和平建设学习苏联。
万里长征第一步，
一步一步就走向前。

军队继续向前进，
工农生产来支援，
最后消灭反动派，
解放广州解放台湾。
眼看红旗插遍全中国，
人民胜利万万年！

在毛泽东的旗帜下，胜利前进！[①]

红旗飘哗啦啦啦响，
全中国的人民喜洋洋，
胜利的船儿向前进，
东方升起红太阳

在毛泽东的旗帜下
我们胜利地向前进
高山挡不住我们的意志，
大海淹不了我们的热情
我们力量大无边
我们智慧高如天，
万里长征不辞难
我们永远跟着他
向前向前向前

胜利鼓震天地
全中国的人民好欢喜
跳起舞来唱起歌
庆祝政协会得胜利

在毛泽东的旗帜下

[①] 本篇是大歌舞《人民胜利万岁》的第九部分，署名赵戈枫作词，刘行作曲。未曾收入自编作品集和文集。

我们胜利地向前进
高山挡不住我们的意志，
大海淹不了我们的热情
我们力量大无边
我们智慧高如天，
万里长征不辞难
我们永远跟着他
向前向前向前

人民大众团结牢
无产阶级来领导
万众一心努力建设
新的国家来创造

在毛泽东的旗帜下
我们胜利地向前进
高山挡不住我们的意志，
大海淹不了我们的热情
我们力量大无边
我们智慧高如天，
万里长征不辞难
我们永远跟着他
向前向前向前

伟大的共产党毛主席
领导着人民向前进
新民主主义要实现
人民共和国万万年

在毛泽东的旗帜下

我们胜利地向前进
高山挡不住我们的意志，
大海淹不了我们的热情
我们力量大无边
我们智慧高如天，
万里长征不辞难
我们永远跟着他
向前向前向前

万岁！中华人民共和国！[1]

打呀打起鼓
敲呀敲起锣
跳呀跳起舞
唱个胜利歌
庆祝人民的新政协
庆祝人民民主的新中国

帝国主义滚出去
封建势力要肃清
没收了官僚资本
人民大翻身
没收了官僚资本
人民大翻身
新民主主义的新中国
好像一轮红日向上升
一轮红日向上升
全国人民齐欢腾

感谢共产党
感谢解放军
工农团结起

---

[1] 本篇发表于1949年《新音乐周刊》（北京）第8卷第4期，刘铁山作曲。未曾收入自编作品集和文集。

团结成一个人
全民团结起
团结成一个人
毛主席领导新政协呀
团结了各党各派各阶层

打呀打起鼓
敲呀敲起锣
跳呀跳起舞
唱呀唱起歌
万岁！万岁！万万岁！
中华人民民主共和国
共和国万岁！

❋一九五一年❋

生活在毛泽东的时代①

照耀着毛泽东的太阳,
民族大花园百花齐放,
生活在毛泽东的时代,
中国各民族欢呼歌唱!

我们伟大的祖国,
英雄的人民,
结成了民族的大家庭。
为了人类的幸福,
世界的和平,
我们不怕流血牺牲,
我们和全世界人民携手前进,
奔向那新世界的远大前程。

照耀着毛泽东的太阳,
民族大花园百花齐放,
生活在毛泽东的时代,
中国各民族欢呼歌唱!

---

① 本篇发表于1951年《人民音乐》第5期,是歌舞《民族大花园》的主题歌,瞿希贤作曲。未曾收入自编作品集和文集。

抗美援朝进行曲[①]

炮火
震动着我们的心，
胜利
鼓舞着我们，
中朝人民亲如兄弟，
并肩作战打击敌人。
我们美丽的城市，
和平的乡村，
怎能让帝国主义
烧杀奸淫，
我们亲爱的祖国，
亲爱的人民，
嘱咐我们
坚决斗争。

炮火
震动着我们的心，
胜利
鼓舞着我们，
中朝人民亲如兄弟，
并肩作战打击敌人。

[①] 本篇作于1951年，是纪录片《抗美援朝》（第一部）的主题歌歌词，雷振邦作曲。曾收入《田汉光未然歌词选》和《张光年文集》（第一卷）。

我们穿过河流，
越过山岭，
高山大海
挡不住我们，
为了祖国的安全，
世界的和平，
我们不怕
流血牺牲。

炮火
震动着我们的心，
胜利
鼓舞着我们，
中朝人民亲如兄弟，
并肩作战打击敌人。
我们的队伍
排山倒海，
我们的力量
无穷无尽，
我们
为正义和平而战斗，
全世界人民
支持着我们。

（副歌）
万岁！万岁！
朝鲜人民军！
万岁！万岁！
中国人民志愿军！
全世界向我们欢呼，
我们为正义和平而斗争。

※一九五二年※

在祖国和平的土地上①

一

在祖国和平的土地上，
生活天天向上升。
青年人怀着远大的理想，
老年人越活越年轻。

我们工人劳动最热情，
生产记录日日新。
农民已经组织起来，
年年都是好收成。

（副歌）
我们热爱和平，
从不侵略别人；
也不准侵略者，
破坏人类安宁！
我们和全世界人民团结一心，

---

① 本篇作于 1952 年 5 月，李群、张文纲作曲，是纪录片《和平万岁》的插曲。曾收入诗集《五月花》《田汉光未然歌词选》《光未然歌诗选》《光未然诗存》和《张光年文集》（第一卷）。

高举着和平的旗帜前进!

二

勤劳勇敢的五万万人民，
结成一个大家庭。
从首都通向遥远的边境，
到处是建设的歌声。

我们开辟了幸福的道路，
一心奔向光辉前程。
伟大的领袖，伟大的党，
领导着我们万里长征。

（副歌）
我们热爱和平，
从不侵略别人，
也不准侵略者，
破坏人类安宁！
我们和全世界人民团结一心，
高举着和平的旗帜前进！

一九五二年五月　北京

✿一九五三年✿

怀念斯大林[①]

沉重的悲痛压住我们的心
斯大林同志离开了我们!
劳动人民同声哀悼,
怀念全人类的大救星。
人民跟随着斯大林,
法西斯的灾难一扫平。
人民跟随着斯大林,
共产主义道路看得清;
人民跟随着斯大林,
保卫和平充满信心。

啊,亲爱的斯大林同志!
中国人民永远怀念你,
正像你从来怀念我们;
在那些艰难困苦的日子里,
你鼓舞我们奋勇斗争;
当我们开始建设新中国,
你伸出手来援助我们。
你伸出手来援助我们。

---

① 本篇发表于1953年《歌曲》第5期,张文纲作曲。未曾收入自编作品集和文集。

沉重的悲痛压住我们的心
斯大林同志离开了我们!
中国人民同声哀悼,
怀念我们最亲爱的斯大林。
在斯大林和毛泽东的教导下,
我们已经长大成人。
高呼着毛泽东,斯大林,
中苏人民心贴着心。
斯大林和毛泽东的伟大友谊,
两大民族团结成一个人。

啊,亲爱的斯大林同志!
英雄的人民向你宣誓:
我们永远忠于斯大林!
高高举着人类解放的旗帜,
任何困难也吓不倒我们!
啊,亲爱的斯大林同志!
你活在我们的心上!
我们永远忠于斯大林!
我们永远忠于斯大林!

和平之歌[①]

英勇的中国人民，
挺立在和平阵营，
中苏友好结成同盟，
敌人胆战心惊。

我们最可爱的人，
个个是威风凛凛，
中朝人民并肩前进，
用血肉保障和平。

东方已经黎明，
太平洋波涛滚滚，
亚洲各民族奋起斗争，
冲向共同的敌人。

莫斯科红星闪闪，
放射出无限光明，
照亮了和平的道路，
照亮了全人类的心。

（副歌）
唱啊，唱啊！

[①] 本篇作于1953年，顾淡如作曲。未曾收入自编作品集和文集。

高声地唱啊!
和平的歌声,
冲破一切阻挡,
东方和西方,
亚洲和太平洋,
和平的队伍广大坚强。

❋一九五五年❋

青年的骏马在飞奔[①]

时间在前进,生活在沸腾,
社会主义的浪潮,
像千军万马,
在祖国的大地上飞奔。
英雄的人民在移山倒海,
天天创造出新的功勋。
青年们!
快骑上时代的骏马,
高歌前进!
为祖国的繁荣富强,
为共产主义的崇高理想,
献出光辉的青春!

大时代的暴风骤雨,
激荡着青年的心,
亲爱的祖国、亲爱的党,
把我们抚养成人;
毛泽东的慈爱的眼睛,
时时刻刻在望着我们。
青年们!

[①] 本篇作于1955年,马可作曲。曾收入诗集《五月花》《田汉光未然歌词选》和《张光年文集》(第一卷)。

快骑上时代的骏马,
高歌前进!
哪里有艰难困苦,
哪里需要我们,
我们就向哪里挺进!

要是那旧社会的残余,
挡住我们的道路;
要是那疯狂的敌人,
胆敢来侵犯我们;
青年的愤怒的火焰,
把他们烧成灰烬!
青年们!
快骑上时代的骏马,
奋勇前进!
高举起毛泽东的旗帜!
青年的烈火在行进!
青年的骏马在飞奔!

❋一九五八年❋

三门峡大合唱[①]

（一）龙虎斗

一条飞龙醉醺醺，
摇头摆尾过龙门，
山里闯，谷里奔，
不到大海心不平。
呼朋唤友来相会，
呼风唤雨来送行，
冲出潼关扑向三门峡，
好似千军万马夺三门。

鬼门神门人门岛，
铜头铁臂站在河中心。
只见那鱼龙大军怒气冲冲扑上来，
三勇士大喝一声：不许通行！
千秋万岁龙虎斗，
只杀得洪水滔天
　　鬼哭神号

[①] 本篇发表于1958年《诗刊》第7期，瞿希贤作曲，曾收入诗集《五月花》。1987年8月作者对作品作过大的修改，修订后的《三门峡大合唱》曾收入诗集《光未然歌诗选》《光未然诗存》和《张光年文集》（第一卷）。这里的内容据初刊。

　　　　万山起雷鸣。
　　多亏大禹来劝解，
　　这才打开三门，
　　　　放它鱼龙三军
　　　　分成三股向东行。

　　黄河喝得醉醺醺，
　　满身泥沙满脸浑。
　　黄河不解心头恨，
　　横冲直闯怒腾腾。
　　神门也是鬼门关，
　　人门一样不饶人！
　　可怜秦皇汉武帝，
　　大军不敢过三门！
　　三门峡里风雷险，
　　愁煞了多少天子多少臣！
　　群臣妙计安天下，
　　都变成一堆笑话
　　　　流传到如今。

（二）太阳出来一盆花

　　太阳出来一盆花，
　　照见长安帝王家。
　　正宫娘娘生太子，
　　满朝文武都插花。
　　文官诗赋做得好，
　　武官打仗也不差，
　　文武百官无其数，
　　个个伸手要钱化。

太阳出来一盆花,
照见黄河浪淘沙。
河里船舶结成队,
河边百姓把纤拉。
南北官员尽忠孝,
到处忙把地皮刮,
金银财宝无其数,
送与长安帝王家。

太阳出来一盆花,
照见天险三门峡:
船夫叫得口流血;
纤夫吓得脚底滑;
啪啦一声纤绳断!
哗啦一声栈道垮!
一阵旋涡船不见,
到不了长安回不了家!

太阳出来一盆花,
照见百姓把山挖。
长安天子下诏令:
挖河绕过三门峡。
昨天运河刚挖好,
今天满河淤泥沙!
天子下令疏河道,
山崩地裂把人压!

太阳出来一盆花,

照见朝廷大搬家；
要想江山坐得稳，
只好躲开三门峡！
百姓年年闹水灾，
黄河年年把水发！
可怜唐宋元明清，
文武百官无办法！

太阳出来一盆花，
照见蒋匪把堤扒。
美机炸开花园口，
百万男女喂鱼虾！
帝国主义心肠狠；
革命怒潮力量大；
怒潮赛过黄河水，
一轮红日满天霞！

（三）三门峡战歌

千里雷声万里闪，
工人阶级坐江山，
不准河流把祸闯，
不准高山把路拦。
人民政府发号令，
征服黄河挽狂澜。
各路英雄听调遣，
不到黄河心不甘。
大军开到黄河边，
要和黄河比长短。
禹王又来劈三门，

今天的禹王千千万！
指挥机械七千台，
我把山河重裁剪。
峡谷日夜起风雷，
风雷雨电归我管。
太阳照在三门峡：
一片红旗迎风展；
铁马成群响隆隆；
铁塔如林光闪闪。
娘娘河，
填个满！
人门岛，
连根铲！
拔掉狮子头！
围起拦洪堰！
截断黄河水！
封住三门关！
吓得黄河水倒流，
神岛鬼岛把颜色变！
神岛鬼岛你莫愁，
你的力量大无边，
你扛起拦河大坝高如山，
千秋万代把洪水拦！
黄河黄河你莫愁，
你的力量大无边，
你推动水轮机，
发出高压电；
献出一河水，
灌溉万里田；
做一个建设共产主义的英雄汉！

黄河黄河你莫愁,
你横冲直闯了几万年,
从今后改头换面,
做一个建设共产主义的英雄汉!

(四) 黄河英雄歌

我在工地上奔忙,
我把现场当战场:
机器排成钢铁阵,
威武盖过日月光。
铁手劈开三门峡;
钢鞭击退黄河浪;
钢铁巨人听号令,
我好比猛虎添翅膀!
黄河水,万里长,
我把它当成个练兵场:
水电大军千千万,
个个武艺练得强。
黄河水,万里长,
我把它修成个大工厂:
万里黄河万里电,
万顷波涛万顷粮。
我有一分热,
发出一分光;
我一团烈火在胸膛。
我有一颗心,
心里亮堂堂;
我一颗红心献给党。
我有一双手,

越练越坚强；
拿过锄头夺过机关枪。
高山见了我，
不敢把路挡；
洪水见了我直发慌。
我是祖国建设者，
乘风破浪走四方；
治了淮河治黄河，
治了黄河治长江。
这股劲头哪里来？
就因为有了共产党！
我是祖国建设者，
乘风破浪走四方；
走到黄河黄河清，
走到长江长江亮。
这股力量哪里来？
就因为有了共产党！

（五）晚风吹过三门峡

晚风吹过三门峡，
男女工人笑哈哈。
又是唱，又是拉，
俱乐部里开了花。

同志同志我问你，
你为什么笑哈哈？
同志同志你听吧，
听了你也得笑掉牙！

取消派，
不像话！
他说黄河治不了，
现在治了也白搭；
他说黄河脾气大，
干脆别惹它。
哈哈！哈哈！
实在不像话！

保守派，
不像话！
前进一步他发愁；
跃进一步他害怕；
前怕狼来后怕虎，
专把后腿拉。
哈哈！哈哈！
实在不像话！

观潮派，
不像话！
他说前年风险大；
他说明年条件差；
站在山头看风浪，
越看越害怕。
哈哈！哈哈！
实在不像话！

促退派，
不像话！
工人来到三门峡，

他叫工人快回家；
工人上马快如风，
他叫快下马。
哈哈！哈哈！
实在不像话！

晚风吹过三门峡，
男女工人笑哈哈。
天不怕，地不怕，
满山开的是跃进花。

（六）歌唱新黄河

一条飞龙笑盈盈，
摇头摆尾过龙门，
山里唱，谷里鸣，
一心跨海去东征。
四十六座拦河坝，
拦住黄河你慢慢行！
听说英雄本领大，
请你留下显威灵！
黄河笑一声，
万里农田麦苗青。
黄河唱一声，
队队轮船汽笛鸣。
黄河笑一声，
电光射出水晶宫。
黄河唱一声，
沿河工矿满天星。
圣人出，黄河清，

锦绣河山面貌新。
工人阶级神通广，
能使江河改性情。
从前人把黄河恨，
今天黄河爱煞人！
从前人把黄河怨，
今天黄河立功勋！
圣人出，黄河清，
人比黄河有本领！
六亿人民大跃进，
赛过黄河波涛汹涌跳龙门！
共产主义入人心，
能使人人变巨人；
人人心里一条黄河水，
满腔热血好比黄河怒涛在奔腾！
跃进跃进再跃进！
乘风破浪向前奔！
奔到世界最前面，
征服宇宙保和平！
跃进跃进再跃进！
乘风破浪向前奔！
新世界日夜里飞跃前进！
旧世界一定要彻底刷新！

1958年6月1日于北京

劳动大军开到十三陵①

一

乘风破浪大跃进,
劳动大军开到十三陵。
劈山削岭修水库,
荒凉的山谷热火腾腾。
火炮连天响,
山头落地崩,
飞沙走石鬼神惊,
倒教十三陵皇帝
　　　日夜睡得不安宁!

二

风里干来雨里干,
劳动挑战日夜干得欢。
削几座山头当堤岸,
修一座长城把水拦。
死山变活山,

---

① 本篇发表于1958年《人民文学》第4期,瞿希贤作曲。曾收入诗集《五月花》《田汉光未然歌词选》和《张光年文集》(第一卷)。

荒沙变良田，
双手改造大自然，
要把荒凉的山谷
　　变成一座大花园！

一九五八年作

武装保卫和平[1]

红旗扫荡西风,
红光冲破乌云,
美国强盗胆敢来挑衅,
激怒了六亿人民!
一定要解放金门马祖,
一定要解放台湾!
祖国庄严的门户里,
决不许强盗横行,
红旗插到东海上,
武装保卫和平!

---

[1] 本篇曾收录于《怒火万丈:解放台湾诗文画集》(作家出版社1958年版),瞿希贤作曲。未曾收入自编作品集和文集。

朵朵红花心里开

锄 草 歌

手拿锄头锄野草哟,
锄掉野草好长苗。
个人主义野草连根铲哟;
共产主义新苗长得高。

手拿锄头锄草忙哟,
挖出草根见太阳。
资本主义毒草连根铲哟;
共产主义新苗长得强。

手拿锄头锄草根哟,
挖得深来锄得勤,
野草毒草锄个尽,
共产主义长成大森林。

千山万水放红光

社会主义百花香啊,
花果园里收获忙。

---

① 本篇发表于1958年《诗刊》第10期。未曾收入自编作品集和文集。

劳动的红花结红果啊，
遍地棉粮遍地都是钢。

共产主义花更香啊，
花果园里她为王。
共产主义苗芽天天往上长啊，
几年辛苦万年幸福长。

劳动大军声势壮啊，
我为人人，人人为我忙。
劳动创造新世界啊，
千山万水放红光。

朵朵红花心里开

朵朵红花心里开，
红光闪闪在胸怀，
心里红花开得好，
干劲冲天涌上来。

心里红花朵朵开，
地上红花遍地栽，
共产主义红花开得好，
个人主义野草挖出来。

朵朵红花心里开，
红光闪闪在胸怀，
六亿人民雄心大，
要把天堂搬下来。

民 兵 歌[①]

扛起锄头端起枪,
雄赳赳来气昂昂,
男女民兵开步走,
好比猛虎下山岗。

抡起锄头架起枪,
唱起军歌生产忙,
文武双全劳动好,
同是工农兵学商。

放下锄头拿起枪,
民兵练武在操场,
个个练成神枪手,
瞄准美国野心狼。

多打粮食多炼钢,
保卫公社保国防,
民兵浑身都是胆,
轰轰烈烈干一场!

---

① 本篇发表于1958年《人民文学》第10期,有两个音乐版本:一为《民兵歌》,莎莱作曲;一为《民兵战歌》,郑律成作曲。未曾收入自编作品集和文集。

❈一九六二年❈

乌云遮不住太阳①
——为声讨肯尼迪反共暴行而作

工人阶级的骨头

昨天出监狱,
今天进监狱。
宁可进监狱,
不肯把头低,
工人阶级的骨头,
是钢铸的!
肯尼迪,休得意!
随你牢门千重锁,
锁不住共产主义!

美国是个大监狱

什么是美国?
美国是个大监狱,
大监狱套着小监狱。

---

① 本篇发表于1962年1月27日《人民日报》,其中的《乌云遮不住太阳》一篇曾收入《光未然歌诗选》《光未然诗存》和《张光年文集》(第一卷)。《工人阶级的骨头》和《美国是个大监狱》未曾收入自编作品集和文集。

美国的钢铁不算少，
够打多少脚镣手铐？
每人一套？？？

但是，
钢铁会说话：
听它铛锒作响，
铁锤下溅出火花。

福斯特播下的火种，
定会越烧越大。

看吧！总有一天，
这监狱要爆炸！

乌云遮不住太阳

乌云遮不住太阳，
遮不住！遮不住！
冰雪的寿命有多长？
命不长！命不长！

正是乌云盖顶日，
人人心中想太阳！
正是寒流得意时，
山呼海啸盼阳光！

金的光，银的光，
乌云哪里能阻挡！

乌云遮不住太阳——为声讨肯尼迪反共暴行而作

风里生,雨里长,
青松翠柏傲寒霜。

尽管它冰雪腐草相贪恋;
可笑它云里雾里闹嚷嚷!
听!轰隆隆春雷在响,
地球要换上她的新装!

❉一九六三年❉

全世界无产者联合起来[①]

山连着山，海连着海。
全世界无产者联合起来！
海靠着山，山靠着海，
全世界人民联合起来！

红日出山临大海，
照亮了人民解放的新时代。
看，旧世界正在土崩瓦解，
穷苦人出头之日已经到来！

帝国主义反动派妖魔鬼怪，
怎抵得革命怒潮排山倒海？
哪怕它纸老虎张牙舞爪，
戳穿它，敲碎它，把它消灭！

我们是山。我们是海。
山摇地动，怒潮澎湃，
穷苦人出头之日已经到来！
我们是山。我们是海。
我们打碎的是脚镣手铐，

---

① 本篇作于1963年2月，瞿希贤作曲。曾收入诗集《田汉光未然歌词选》《光未然歌诗选》《光未然诗存》和《张光年文集》(第一卷)。

我们得到的是整个世界!

山连着山。海连着海。
全世界无产者联合起来!
海靠着山。山靠着海。
全世界人民联合起来!

写于一九六三年二月　北京

美国黑人要自由[①]
——献给美国黑人弟兄

牢门关不住争自由的歌声,
歌声冲破了肯尼迪的牢门,
牢门里黑人们在高声怒吼,
牢门外是五大洲愤怒的人群,
黑人要自由!黑人要翻身!
天南地北战鼓鸣,
奴隶要起来,起来做主人!

几百年的愤怒在胸中沸腾,
美国黑人弟兄已经觉醒,
从金元帝国的十八层地狱,
敲响了惊天动地的战鼓声!
黑人要自由!黑人要翻身!
天南地北战鼓鸣,
奴隶要起来,起来做主人!

摩天大楼是尸骨堆成,
奴隶的鲜血美国的文明,
凭什么把劳动者踩在脚下?
这笔账一定要彻底算清!

[①] 本篇发表于1963年《人民文学》第9期,罗念一作曲。未曾收入自编作品集和文集。

美国黑人要自由——献给美国黑人弟兄

黑人要自由！黑人要翻身！
天南地北战鼓鸣，
奴隶要起来，起来做主人！

不能同刽子手和平共处，
不准替肯尼迪涂脂抹粉，
那些杀害黑人的美国强盗，
也正是各民族共同的敌人！
黑人要自由！黑人要翻身！
天南地北战鼓鸣，
奴隶要起来，起来做主人！

❋一九六四年❋

迎 春 曲[①]

迎春花开金闪闪,
迎接祖国的好春天。
呼呼遍地东风起,
旋转乾坤又一年。

西北风,扑人的脸。
风搅雪,刺人的眼。
风里雪里吐金花,
花开预报春光暖。

风里穿,雪里攀,
翻过一山又一山。
社会主义春潮涌,
人人心里是春天。

不怕西风狂,
不怕北风癫,
顶着西北风,
歌唱胜利年。

---

① 本篇发表于 1964 年《人民文学》第 1 期。未曾收入自编作品集和文集。

迎 春 曲

劈山开新路，
渡海造大船，
沿着总路线，
何愁行路难！

迎春花开金闪闪，
迎接祖国的好春天。
社会主义春潮涌，
无穷春色满人间。

❋一九六五年❋

中日青年　团结起来[①]

中日青年，
团结起来，
携手并肩，
高歌向前！
兄弟一般，
姐妹一般，
青春的歌声，
热火朝天！
唱吧，唱吧！
唱吧，唱吧！
我们歌唱友好，
人民的友谊
世代相传；
我们歌唱团结，
风里雨里
不怕困难。
唱吧，唱吧！
唱吧，唱吧！
高高举起反帝大旗，
在光明的大道上

[①] 本篇作于1965年，为"中日青年友好大联欢"而作，瞿希贤作曲。曾收入《田汉光未然歌词选》。

高歌向前!
风吹不散,
雨打不散,
人民的友谊
千锤百炼;
风吹不散,
雨打不散,
中日青年,
高歌向前!

投入援越抗美斗争中[①]

一

红河里大浪连天涌,
九龙江里斩蛟龙。
越南南北传捷报,
响彻了万里长空。
三千万英雄儿女,
在惩罚那疯狂的侵略者;
三千万英雄儿女,
为世界革命立大功。
望南海波涛汹涌,
心头上烈火熊熊,
为援越抗美献出力量,
这是我们最大的幸福;
同越南兄弟并肩战斗,
这是我们最大的光荣。
烈火填胸,
投入援越抗美的火热斗争中。

二

千年的松柏根连根,

[①] 本篇发表于 1965 年《文艺报》第 9 期。未曾收入自编作品集和文集。

中越的友谊万年青。
同甘共苦相支援,
结成了钢铁长城。
我们的共同敌人,
是万恶的美国强盗;
我们的共同理想,
是马列主义遍地红。
望南海波涛汹涌,
心头上烈火熊熊。
为援越抗美献出力量,
这是我们最大的幸福;
同越南兄弟并肩战斗,
这是我们最大的光荣。
烈火填胸,
投入援越抗美的火热斗争中。

❋一九七七年❋

开国鸿文七十篇①

年年盼呵月月盼，
盼来毛选第五卷。
华主席办事真英明，
桩桩件件如人愿。
开国鸿文七十篇，
抓纲治国垂典范。
经典五卷辉而煌，
马列宝库更璀璨！
开国鸿文七十篇，
篇篇都是斩妖剑。
内外顽敌奈我何？
拔剑起舞群妖颤！
开国鸿文七十篇，
篇篇指点山河变。
险风恶浪奈我何？
乘风破浪达新岸。
日月光华旦复旦，
继续长征指航线；
两类矛盾早阐明，
十大关系早分辨。

---

① 本篇发表于1977年《诗刊》第5期，又名《捧读毛选第五卷》，罗捷书作曲。未曾收入自编作品集和文集。这里的内容据初刊。

何来妖物四人帮，
黑手伸处全搅乱！
大张旗鼓除"四害"，
口诛笔伐深批判。
中央颁发新宝典，
恍同雪里送薪炭。
全国印刷发行工，
日夜奋斗输粮弹！
万炮齐轰肃流毒，
烈火腾腾促大干。
革命真理入人心，
大地回春百花艳。
捧读毛选第五卷，
耳边滚滚走雷电，
试听八方欢呼动地来，
国际凯歌冲云汉！

❋一九九四年❋

人人心里有个周恩来[①]

经过了多少年年月月，
我们年年月月怀念周恩来。
怀念我们的良师益友啊，
我们人人心里有个周恩来。

不要说伟大的生命化为尘埃，
他永生在祖国的江河湖海。
他每个细胞都是不灭的星火啊，
守护着各民族的世世代代。

我们捧出一朵朵心花，
向着长江黄河向着大海。
我们的心头波涛滚滚啊，
迎着日月光华的大时代。

经过了多少年年月月，
我们年年月月怀念周恩来。
怀念我们的良师益友啊，
我们人人心里有个周恩来。

---

① 本篇作于 1994 年 11 月，发表于 1996 年 1 月 6 日《光明日报》，是作者为纪录片《周恩来与文艺家》写的主题歌歌词。刘超作曲。曾收入《光未然诗存》和《张光年文集》（第一卷）。

新　诗

❋一九三七年❋

鲜 血 赞[①]

我们同是中国人，
我们同在中国生，
中华民族爱和平，
我们不愿惹战争。

日本强盗太凶狠，
无故夺我东四省！
四省同胞遭屠杀，
千万男女血流尽！

敌人得寸进一尺，
又向华北大进兵，
平津失陷京沪危，
华东华南起战争！

我们同是中国人，
要和敌人拼性命！
满怀愤火无处泄，
满腔热血已沸腾！

---

① 本篇发表于 1937 年 9 月 21 日《大公报》（汉口）副刊《战线》，署名蓝枫。未曾收入自编作品集和文集。

壮士血洒卢沟桥!
英雄血染北平城!
居庸关外尸累累!
黄浦滩上血殷殷!

为我民族求解放,
战士忠勇作牺牲!
赤血横流如河水,
中国遍地闻血腥!

不怕敌人凶似虎,
誓把鲜血与敌拼!
我们流血为正义,
世界正义起回声。

莫说鲜血不可流,
中华民国血铺成!
莫说战端不可开,
誓把战争灭战争!

中国同胞快准备!
拼着鲜血作牺牲!
姐妹兄弟快奋起!
鲜血头脑一起拼!

青年朋友爱光明,
光明之路血铺成;
今天忍痛流鲜血,
明天黑暗已消沉。

鲜 血 赞

尽管血流如赤浪，
血浪击沉侵略心！
尽管血花红似火，
血火烧红中国魂！

中华民族要怒吼！
中国大众要翻身！
血花栽遍中国土！
中国遍地插血旌！

不怕鲜血流成河，
胜利终归属我们！
血旌招展入云霄，
中华民族庆新生！

❋一九三九年❋

鲁迅逝世三周年挽歌[①]

三年了
先生
料想你的英灵未瞑
因为

在你的身旁
溅起了
疯狂的
法西斯
你的憎恨的侵略战争
痛苦着
呻吟着
你所爱护的
饱经灾难的
中国人民

创痛
杀伤
死亡
扩大与加深

[①] 本篇发表于1939年《新新新闻旬刊》第2卷第12期。未曾收入自编作品集和文集。

全中国的青年
手执武器
在前线
英勇地
打击疯狂的敌人

今天
他们挣扎着
战斗着
不会
列起队伍
唱着挽歌
拱护你的墓门

但是
先生
他们是你的
真实的学生
在他们心里
承继了
发扬了
你的事业
你的精神
他们即将完成
你的未完的事业

真的
你可以看见
一个新的民族
在灾难中重生

四万万个
阿 Q
如今已经觉醒
他们将要
代替那
悲痛的挽歌
用着
四万万人的
胜利的歌声

是的
那一天即将来到
我们将唱着雄壮的欢歌
结成钢铁的队伍
永远拱护着
先生
你的墓门

❋一九四〇年❋

我去了,同志[1]

我去了　同志
你应当好好过活
不要在街上乱跑
要静下心来
学会忍受寂寞

谁想得到
这回又过了
几个月小姐生活
有什么办法呢
如果你不换上旗袍
人家要笑你
"女兵"讨厌
还在背后指手划脚
此去把这经验告诉她们
破烂的军服
有时也会妨碍工作

郑重地收拾起来
旗袍　高跟鞋

---

[1] 本篇发表于 1940 年 1 月 26 日《新蜀报》副刊《蜀道》。未曾收入自编作品集和文集。

再一次和你道别
想起也有点奇怪
平常厌恶它们的
脱下时又依依难舍
郑重地收拾起来吧
再一回穿上的时候
是在北国山村的舞台上
扮演那昨天的
自己的角色

我去了　同志
你在想什么
不要你多管闲事
我还是小孩吗
跟着大队
也锻炼了这样多日子
我也曾单人匹马
在数千里的旷野上奔驰
人们用怀疑的眼光看我
我笑着喊他一声"同志"
他们尊敬我
帮助我
像对一个堂堂的男子

倒是你应当注意
改一改吧
那少爷脾气
伤总得医好啊老兄
来一趟后方太不容易
不要把别人当作蠢材

瞧他们不是工作得很好吗
虽然暂时离开了你

鬼相又在抽烟
反正我也管不着你
同志们对你期望很重
这身体也不属你自己
瞧　吕光同志
人家多好啊
烟是不抽了
天天鸡蛋冲着蜂蜜
钱算什么呢
但生活总得有点条理

我去了　同志
得好好管照自己
此去肩负双重的工作重担
一份是我一份是你的
鬼相　又装什么苦脸
来　拉拉手
我一路上写信给你

1.20，追记于雾之国都

春　礼①

山城上拨开了重重的雾气，
报贩们叫卖着胜利的消息。
看人们从愁眉中展开笑脸，
让鞭炮的残屑在街头填满。

尽管火药的气味夹着酒香，
那强欢的酒眼也望着前方。
是你们在血泊里拼着性命，
用血肉换来了欢乐的新春。

雪花卷着炮烟在山头舞弄，
你说这是冬风呢还是春风？
树梢头发出嫩黄色的枝叶，
哨岗上已偷换了新的岁月。
在雪地在山丛在壕沟的人，
又是一年了啊我向你提醒。

旧历年好比是陈年的老酒，
老白干比红葡萄味道浓厚。
你可能在战壕边干上一杯，
教脸上涌现出新春的光辉？

---

① 本篇发表于1940年2月10日《新蜀报》副刊《蜀道》。曾收入《光未然歌诗选》《光未然诗存》和《张光年文集》（第一卷）。

春 礼

也托春风带来更多的捷音,
让欢歌与狂舞涨满了春城?

你也许对着酒杯立下誓言,
保重血汗做的一颗颗子弹:
未瞄准前先得把对象认清,
一颗子弹要打死一个敌人!
春风里多少母亲倚门远望,
别瞄错了方向把归期延长!

在雪地在山丛在壕沟的人,
又是一年了啊我向你提醒!
连强笑的酒眼也望着战地,
我跟着大家寄上这份春礼。
倘使这份礼物能带到战壕,
你郑重收下吧别对着苦笑!

一九四〇年二月写于重庆
稿酬用作春节劳军

锁着的箱子①

不要让苦痛侵蚀你的心。
不要永远锁着那箱子。
人,不是为流泪而活着的。

哀　诉

紫红色的箱子,
被我紧紧锁起,
五年了,
直到今日。
任晚风刺破我的衣衫,
冷雨淋湿我的背脊,
也不敢打开,
不愿换取
富人们的
些许布施。

紫红色的箱子,
被紧紧锁着的,
这里面没有
锦绣、金玉和

---

① 本篇发表于1940年2月29日《新蜀报》副刊《蜀道》。曾收入《光未然歌诗选》《光未然诗存》和《张光年文集》(第一卷)。

钻石的光辉。
没有一切,
只除开那
血泪凝成的
紫红色的记忆。

五年了,
它被我紧紧锁着,
不愿展露,
甚至对我自己。
那紧紧锁着的,
一任它腐烂,
任它生霉;
不敢丢弃它,
也不敢窥探它,
它是我生命的禁忌啊!

我提着沉重的箱子,
孤寂地
在人生道上寻觅。
没有爱,
也没有友谊。
伴着我的,
只是一个
愚笨粗野的汉子;
他是,唉,
那命运撮合的啊,
我的伴侣。

当月在悲泣,

星在私语,
风在叹息,
我的旅伴啊,
他在酣睡。
因为
这一切啊,
他都不能领会。
他也永远猜不出啊,
什么是在我箱子里
所紧紧锁着的。

因此我只能
独自一人,
用手蒙着眼睛,
又惊又怕地
在漆黑的夜路上寻觅。
尽管烽火连天,
炸弹的破片,
从身边飞逝,
我只能缓步踏去,
向着那不可知的标的。

舞台,
它在旋转。
河海,
它在推移。
世界是狭窄的啊,
五年后的今夜,
终于见到了你。
曾是一个天真无邪的孩子,

啊！此刻
她是一个被玷辱的少女。
我要不说，
你是否还能相识？
是时候了，
把那锁着的箱子，
对你轻轻开启。
但是，
我所敬重的人啊，
请原谅我！
虽然在你面前，
也只能一半儿打开，
一半儿关闭。

劝　　慰

不要，
不要这样。
坚强些，
揩干你的泪水，
把眼儿抬起，
远望，
向着前方。

舞台
在旋转，
河海
在激荡，
月在移行，
星在闪光，

风在奔忙,
向着
辉煌的
新的方向。

被欺凌
被损害的,
那是昨天的事。
人,
不是为流泪而活着的。

那算得什么呢,
姑娘?
旧的,
丑恶的东西,
将在前进的歌声中
埋葬。

不要
不要这样。
打开
你那紫灰色的皮箱,
曝晒它们,
在万人践踏的大道上。
让那腐烂了的,
生了霉的,
见一见火辣辣的阳光。

生活
本是一条毒蟒。

不征服它，
它便把你杀伤。
被咬了，
不要叫，
不要躺在地上；
要挣扎，
站起来，
把创伤
转化为搏斗的力量。

不，
你还是一个年轻的姑娘。
要相信自己。
你所追求的，
你所寻觅的，
他们
围绕在你的身旁。
把你的爱和他们的，
你的憎恶和他们的，
你的创伤和他们的
创伤，
你的希望和他们的
希望，
紧紧交织成一个
刚强的力量。

这就对了，
你应当这样。
咱们年轻人
该挺起胸膛。

那牙床
该咬紧,
那眼角
要更加紧张。
别管它
那破旧的箱子,
腐烂了的,
生了霉的,
让它被踏成泥浆!
这里,
请换上
我赠给你的
一副新的行囊。

　　　　　　一九四〇年二月十八日至二十日写于重庆

怀　　念[①]

我在地之南，
你在天之北。
你惦记着我，
我惦记着你。
你那里风沙迷眼，
我这里白雾压眉。
你那里登高呼唤，
我这里没有消息。

你是那健走的白马，
我是这受伤的毛驴。
我是这弦上的箭，
你是那游动的标的。
你在飞奔，
我愿追随。
你今晚越过第几座山头？
我不知明朝寄食何地！

你是那天上的云雀，
我是这笼里的雄鸡。
你是那浪头搏斗的海燕，

[①] 本篇发表于1940年2月22日《新蜀报》副刊《蜀道》。曾收入《光未然歌诗选》《光未然诗存》和《张光年文集》（第一卷）。

我是这晚潮退下的涸鱼。
你在呼唤,
我在低徊。
你在搏斗,
我在悲戚。

你那里山中卷起了阴霾,
我这里重重被雾气包围。
你那里狼群窥伺着牛群,
我这里有人酣睡不起。
你眼中充满着沸腾的泪水,
我也忿恨那引火的豆萁。
你在苦笑,
我在叹息。

我这里孤灯独坐,
你那里星夜奔驰。
我这里苦苦怀念,
你那里没有消息。
我在低吟,
你在高飞。
我在
地南,
你在
天北。

一九四〇年二月二十日写于重庆

素描二篇[①]

擦皮鞋的人

在车马喧嚣的街头，
等候
一双双匆忙的脚步。
什么事
这样辛苦地奔走？
你皮鞋上
沾满了尘土。

先生！
请这里坐下，
我替你细细拂刷。
旧皮鞋
将就着穿吧！
就是鞋油
这些天也已经涨价。

说来好笑，
这也算一种生活！
重庆屋檐下，

[①] 本篇发表于 1940 年 2 月 24 日《新华日报》。曾收入《光未然歌诗选》《光未然诗存》和《张光年文集》(第一卷)。

天天在别人脚上擦磨。
手越擦越粗了,
便将来回到家乡,
也干不了细活。

两毛钱,
不会多要。
油擦得很够;
跷起来自己瞧瞧。
听口音,
您也是南方人吧?
过生活,
还是江南好啊!

人去了。
轻轻抬起头来,
看他那健步地奔跑。

抬轿子的人

大老爷!
要轿子吗?
请坐上我这一乘!
山高坡陡,
抬头望使你寒心。
大老爷,
请坐上!
我抬着你步步高升。

把杆儿把紧,
脚儿踏稳,

要一步一个脚印。
尽管汗流如雨,
毛眼里万道金针,
仍然迈步不停。
趁天色未晚,
换得它白米二升。

爷爷,
你要当心前面!
孩子,
你也不要吁喘。
要是平坦大道,
用不着轿子滑竿。
大老爷,
快不得的,
从来是
下山容易上山难。

憩一憩气,
揩一揩脸上的汗,
松一松
这肩上的重担。
价钱
上面规定好的,
给多少随你自便。
还要下去吗?
该认得我们,
大老爷,
是我们抬着你登上高山。

一九四〇年二月写于重庆

春在纸上①

春到人间，近日《蜀道》来稿，多咏春之什。编者蓬子兄，颇引以为苦。诗以嘲之，未知蓬子兄以为当否。是为序。

当你把浓烟吐上夭矫的桃枝
把残烬拨进干涸的花瓶
当你丢下笔刚打过三个呵欠
把倦眼投向寂寞的江心
你可听见客厅外
有人在轻声地敲门
可看见他走进房里
带来一包包一卷卷
春之足音

潦草的秀丽的字句
骄傲的期待的心
一个个争先恐后地
喊出了他们
春之喜悦
春之烦闷
春之依恋
春之怨恨

---

① 本篇发表于1940年4月8日《新蜀报》副刊《蜀道》。未曾收入自编作品集和文集。

春在纸上

五光十色的
描绘你案头纸上的春

为什么在春之怀抱里
你感不到一些儿骄矜
在别人的春之讴歌里
你得不着一些儿温存
而隔墙结束了盈盈笑语
倒使你坐卧不宁呢
该在你朴素版样上
画上几根红线
让春之足音
更快地送到千千万万
怀春病者的眼前吧
(他们曾在艰苦的期待里
熬过了寒冷的冬天)
让春阳的光和热
燃起那荒原的野火
给他们以真实的温暖吧

不要频频搔首啊
教黑发落满你的双肩
不要眉头深锁啊
那皱纹会引上你的眉尖
为了广大的怀春病患者
且珍视这纸上的春天吧
而在满案春色的催唤里
也正好织造你诗人的春之预言吧

1940.2.26

去你的！[1]
——斥汪精卫

"慷慨歌燕市，
从容作楚囚。
引刀成一快，
不负少年头。"
曾经以无情的炸弹，
投向专制的独夫；
将以十八岁年轻的血，
洗刷二百年民族的深仇。
汪精卫，
好小子，有你的！
当年京都的人民，
用沉默的鼓掌，
用无声的欢呼，
欢送你
少年的荆轲
入狱。

三十年
无情的岁月
流过去，

---

[1] 本篇发表于1940年5月重庆。曾收入《光未然歌诗选》《光未然诗存》和《张光年文集》（第一卷）。

和着民族的血泪。
解下了一副镣铐，
又戴上了一副镣铐。
中国人民
带着血海深仇
战斗。
四万万五千万囚徒，
四万万五千万射击手！
百当年的荆轲呢？
曾经自诩为
　　"伏枥"的"骅骝"；
　　自夸为
　　"经霜"的"乔木"的
　　当年的荆轲呢？

哈哈！在精卫，
算了吧，去你的！
以九分钱一颗的低价，
拍卖我四万万五千万头颅；
以"和平""反共"的宣言，
暴露了你
　　所谓"经霜乔木"和
　　"骅骝"千里足的
　　本来面目！

用不着啊，
新中国的荆轲！
炸弹是宝贵的；
而更宝贵的，
是你那英雄的身手。

用不着
以同样无情的炸弹,
投向那涂脂敷粉的面首。
因为
历史比炸弹更无情;
那欺骗人民的,
那出卖民族的,
将带着他狐狸的尾巴,
被打进十八层地狱!

[附注] 开头引的四句诗,是汪精卫北上刺摄政王被捕时的口占。中间引的话,是少年汪精卫在狱中所吟,有"伏枥骅骝千里志,经霜乔木百年心"之句,可见其少年自负。俱见《清华集》。

一九四〇年五月写于重庆

屈　　原[①]

开　篇

每一回我打开屈原的诗篇，
魂魄儿飞到二千二百年前，
我仿佛和屈大夫一同流浪，
眼见他披发高歌在大江边。
一本书端在手里重甸甸，
一行行跳动着忠心赤胆！
一个高大的诗人站在我面前，
命令我把他的遭遇写成诗篇。
两千年来多少人舞文弄墨，
怀才不遇的都自比为屈原；
一旦他们得到了高官厚禄，
准定把《离骚》抛在九霄云端！
一个高大的诗人一把拉住我，
他要带领我漫游到秦汉以前。
我从这雾气腾腾的嘉陵江畔，
跟随他一步跨过二千二百年。

诗　篇（上）

"天地间最好的果树啊，

[①] 本篇作于 1940 年 6 月，1958 年修订。曾收入《五月花》《光未然歌诗选》《光未然诗存》和《张光年文集》（第一卷）。

你习惯于南方的土壤。
所以你永远生长在南国,
不愿迁移到寒冷的地方。
我爱你根基的巩固,
更爱你意志的坚定。
绿叶间开着白花,
那色彩使我倾心。
我爱你多刺的枝条,
也爱你果实的团圞;
表皮上青黄交错,
显示你文章的灿烂。"①
少年的屈原,
正像那青枝绿叶的橘树。
少年的屈原,
写下了歌唱橘树的诗篇。

说不尽的兴衰治乱,
说不尽的七国风云,
说不尽的群雄割据,
说不尽的强弱兼并,
说不尽的唇枪舌剑,
说不尽的合纵连横,
说不尽三楚版图的广大,
说不尽西秦虎豹的奔腾,
说不尽啊,

---

① 这几句诗,是《橘颂》开头几句的意译。原文是:"后皇嘉树,橘徕服兮。受命不迁,生南国兮。深固难徙,更壹志兮。绿叶素荣,纷其可喜兮。曾枝剡棘,圆果抟兮。青黄杂糅,文章烂兮。"《橘颂》是屈原少年时候的作品。它歌颂的是年轻的、将熟未熟的橘树,诗中有"嗟尔幼志""年岁虽少"句,可证。所以"青黄杂糅"句描写的是将熟未熟、青黄交错的橘子。前人或解释为先青后黄,不对。——作者原注

那连年的争战,
说不尽啊,
那奴隶痛苦的呻吟……

就在那纷乱的岁月里,
挺立着这南国的佳人。
江南三月的春水,
哺养着他明朗的心灵;
边疆漫天的烽火,
照映着他的壮志凌云。
他歌唱着:
"我爱用纯洁的鲜花,
装饰我美丽的灵魂;
我的身上披满了香草,
我的花环用芝兰缀成。
我不停地向前奔驰,
怕的是时光太无情。
我爱山上的木兰千年不死,
我爱水边的绿草四季长青。"①
这是鹏鸟一般的抱负啊,
这是鹏鸟一般的啊,
壮美的歌声。

披着潇洒的衣衫;
挟着光辉的长剑;
杜衡之草,

---

① 这八句诗,《离骚》中原文是:"纷吾既有此内美兮,又重之以脩能。扈江离与辟芷兮,纫秋兰以为佩。汨余若将不及兮,恐年岁之不吾与。朝搴阰之木兰兮,夕揽洲之宿莽。"这里是意译。——作者原注。

佩在他的腰间；
明月之珠，
缀在他的两肩；
昂然的头，
戴着切云的高冠；
昂然的步武，
啸傲在公卿大夫之前。

就这样，
少年的屈原，
辅佐他楚国的朝廷。
他是怀王的左右手，
他代怀王颁施号令；
应对四方的诸侯；
接待六国的公卿；
决策在宫廷之内；
出使到遥远的边城。
他有鹏鸟一般的抱负啊，
他有鹏鸟一般的啊，
万里的青春。

就在那万山环抱的西北高岗，
在那一望无涯的关西平原上，
秦王日夜地屯兵秣马，
擦亮了他锋利的刀枪。
看他赤兔万匹，战车万辆，
西秦的百万健儿，
个个如虎似狼；
一声怒吼，
震动了六国君王；

有的手忙脚乱；
有的胆战心慌；
有的遣使朝贡；
有的输土纳降；
哪怕它星夜寒霜，
冠盖如云，
奔驰在关西道上。
急煞了诸侯！
忙煞了差臣！
笑煞了秦王！

这时在楚怀王身边，
结成了一个狐群狗党：
为首的是上官大夫，
掌权的是太监靳尚①，
那乳臭未干的王子子兰啊，
那贪生怕死的司马子椒啊，
那怀王的宠姬郑袖啊，
活像一窝马蜂闹嚷嚷。
他们上欺君来下压臣，
勾通敌国害忠良。
也是上梁不正下梁歪，
上梁是那贪酒好色的楚怀王。
他专爱马蜂一样的美人腰，
因此三千宫女饿死在御阶旁②。
他还要四处搜寻细腰女，
只闹得全国鸡飞狗跳墙。

① 上官大夫、靳尚是两人，不是一人。从蒋骥说。——作者原注。
② 传说楚王好细腰，宫中多饿死。——作者原注。

宫里酣歌宫外有哭声，
哭声撕痛了屈原的心。
他咬牙忍住眼中的泪，
披发苦谏在朝廷。
屈原说："王啊，
快改变你荒唐的行为啊，
趁你此刻还年轻；
快骑上这矫健的骏马吧，
来，我带你走向光明！"①

怀王张开他惺忪的睡眼，
说："贤卿，何以见教寡人？"

屈原说："王啊，
愿你走尧舜的光明大道，
不要像桀纣一样地荒淫，
不要和党人们成天鬼混，
把祖国带到黑暗的深坑。
如今要抵挡那凶暴的西秦，
还得用合纵啊来击破连横；
要三楚健儿有杀敌的决心，
先得听听啊那怨沸的民情；
要想上安朝廷啊下安民心，
还得制订啊那公正的宪令。
申不害辅佐韩侯啊，
先把那宪令修订。
秦王的国富民强啊，

---

① 《离骚》原句："不抚壮而弃秽兮，何不改乎此度？乘骐骥以驰骋兮，来吾导夫先路！"——作者原注。

也靠他变法维新。
我是知无不言啊言无不尽，
便粉身碎骨啊也为了朝廷。"

怀王道："贤卿啊，
你的话正合孤心，
你这么说就这么行吧。"

屈原写好了楚国的宪令，
一字字一行行一片忠心。
他想起前人商鞅和吴起①，
都因为变法惨死在朝廷。
这宪令啊为了楚国老百姓；
难免惹起一群恶狗扑上身。
这时候在朝廷内外，
党人们正议论纷纷：
有人说：他要削减公侯的爵禄；
有人说：他要收买楚国的民心；
有人说：杀人不如先下手；
有人说：他是我们的眼中钉！
正吵闹间，
屈原走出了朝廷。
上官大夫赶上前去，
要夺来那新草的宪令，
那奸诈的太监靳尚，
也追上来纠缠不清。
屈原停下他矫健的脚步，

---

① 吴起，善用兵，相楚悼王，因变法得罪了贵戚大臣，和商鞅一样，后来也被贵戚们杀死。——作者原注。

用鄙夷的眼光，
在众人脸上打量一阵，
然后一声不响，
昂起他倔强的头，
扬起他倔强的腿，
飘然踏出了宫门。

这回，
羞煞了宠臣，
恼煞了公卿，
恨煞了党人。
他们跑到郑袖那里诉苦，
又到怀王面前说个不停，
他们说屈原图谋不轨，
说屈大夫①私通齐人……
说得那怀王将疑将信，
说得那怀王如雾如云。
"好吧，众卿，
是寡人错信了屈平，
就把那疯子赶出朝廷吧！"

这时西秦的虎贲三军，
早越过风雪的秦岭，
屯兵在楚国的边城。
秦惠王派张仪来郢都游说，
劝怀王放弃那六国的同盟。
是谁促成了这六国的同盟？

---

① 这时屈原的官职是左徒。三闾大夫的官职可能在后。为求通俗，前后统称屈大夫。——作者原注。

屈　原

是洛阳的一介书生——
他游说六国合纵御秦；
他一身佩戴着六国相印；
他也曾寒窗下发愤苦读；
他也曾身受过百般欺凌；
他也曾在辽东粉身碎骨；
这可怜的人儿名叫苏秦。

怕只怕秦王的蚕食鲸吞，
恨只恨盟约的变做空文！
怕只怕诸侯的纷争如旧，
恨只恨怀王的日夜荒淫！
怕只怕朝中的举棋不定，
恨只恨奸臣的卖国忘身！
怅望着江南美丽的河山，
不由得屈大夫热泪如倾！

正当那边野上接连告警，
满朝里文臣武将议论纷纷，
这才把楚怀王梦里唤醒，
悔不该赶走了忠贞的屈平。
他把屈大夫从荒野里召进，
"贤卿啊将何以见教寡人？
偏偏楚国西边和秦人接境，
自料三楚甲兵抵不过强秦！
和群臣商议过也不得要领，
可怜我朝中没有可托之人！
寡人食不甘味啊卧不安枕，
中心摇摇啊像天上的风筝！"

怀王啊你可怜你又可恨!
屈大夫忍不住热泪满襟!
他哭诉着:
"大王啊大王,
你快快苏醒!
要想挽救这锦绣河山,
就得保住那六国同盟;
要想抵挡强暴的秦兵,
就得恢复齐楚的友情。
只恨那昏庸的党人,
说什么西向连横!
为什么以堂堂大国,
向他人俯首称臣?
西秦啊是虎狼之国;
只有妄诞的愚人,
才想和虎狼结亲!"

屈原一席话,
打动怀王心。
"好吧,贤卿,
你的话正合孤心,
你怎么说就怎么行吧。"
于是,他去了,
披着轻装,驾着轻车,
沿着旧日的路程,
奔向齐国的边境。

这时候,张仪来了。
轻裘驷马路三千,
他连夜赶到楚宫前。

这西方的使者来了。
他带着阴谋和诡辩,
带着那指白以为黑、
说方以为圆的舌尖,
这满脸堆笑的人儿来了。
带着黄金万镒,锦绣千匹,
他挥鞭停在楚宫前。

朝中日夜摆酒筵,
秦楚两国结姻缘,
杨柳舞断女儿腰,
矇眬醉破怀王眼!
张仪说:
"秦有精兵百万,
席卷常山之险……"
怀王道:
"好吧,先生,
怎么说就怎么好啊!"
众臣说:
"秦齐两国是冤家,
不可以绝秦欢……"
怀王道:
"好吧,众卿,
怎么说就怎么办吧!"
郑袖说:
"秦楚结成了儿女亲,从今后,
别再听信那疯疯癫癫的屈原!"
怀王道:
"好吧,夫人,
就召他回来也便。"

用不了楚王的召唤，
那肩负着两国的命运、
带来了两国福音的人，
已回到楚国宫门之前。
可是，
他已经太晚了啊！
那轻裘驷马的游客，
早扬起得意的归鞭；
楚王的使车百乘，
装满了鸡骇之犀，
夜光之璧，
追随那高贵游客的后面，
将要俯首帖耳，
贡献在秦王之前了！
回来了啊，楚大夫屈原，
可是他回来得太晚……

啊……
你三楚的王君啊，
竟这样懦弱易欺！
你朝中的权贵啊，
把国运当做儿戏！
你忠贞而倔强的诗人啊，
你额上淌满了汗水，
你脸上淌满了泪水，
你远游千里的劳绩啊，
都随着江汉的逝水啊，
流去……

从此，

合纵的盟约啊,
变成废纸;
六国的纷争啊,
没有休息;
西秦的杀伐啊,
烽火遍地;
楚国的羞辱啊,
输财割地;
齐救不了楚啊,
楚救不了齐;
怀王啊,做了
阶下的囚,
虎口的肉,
他乡的鬼①;
党人啊,
争吵不已;
襄王啊,
没有主意;
孤臣啊,
悲愤填胸;
江南啊,
草木为之变色!

诗 篇（下）

就在那仲春二月,
一个凄凉的早晨,
楚宫里传出号令,
把屈大夫赶出国门。

---

① 怀王后来上了秦王的圈套,客死在咸阳。顷襄王继位。——作者原注。

是那党人们勾通敌国,
把屈原看成了眼中钉,
他们说屈原欺君罔上,
写诗词骂倒朝廷,
因此在朝中奏了一本,
从此屈原削籍为平民。
啊,这党人,
挡不了秦兵,
却欺得了书生;
看他步武堂堂,
把屈大夫押出都门。

哪里去啊,诗人?
这郢都,
有你所悲叹的,
有你所痛恨的;
它却是你牵肠挂肚的
楚国的心脏啊!
你真将离它而远行了吗?

啊,谁送你的行?
谁做你的伴啊,诗人?
啊,那江南的春草啊,
更行、更远、还青!
那呜咽的江水啊,
伴你、和你、低吟。

啊,诗人!
江水载不起你的心头恨,
这扁舟也徘徊而不进!

稍停一会儿啊，诗人，
不妨再看一眼，
你楚国光辉的都门。

不妨再看一眼啊，
你楚国的龙门；
以后你就见不着了！
它将变做断瓦残砖，
被盖上落叶荒草了！

就在你去后，
这儿将化为一片荒凉。
那喧嚷的市街，
那红色的宫墙，
那贪婪的党人，
那昏庸的顷襄王，
那酣歌妙舞，
那三楚带甲的儿郎……
啊，你的祖国，
你的祖国的希望，
都将随你而永远流放了啊！

啊，你楚国的诗人，
站在这寒冷的江心，
带着沸腾的泪水，
唱一支悲壮的歌曲吧！
我将和着你，
春风也将和着你，
江水也将和着你，
那隔岸、那山外的

看不见影子的农夫，
像也在和着你；
你的歌声将越传越远了哩。

啊，你民族的歌者，
就带着你激愤的歌声，
唱遍江南的天涯海角，
唱遍那边远的蛮荒吧！
这破碎的古城，
已值不得你嗟伤；
在那宽广的水边和草野之间，
有更多的声音，
和着你歌唱啊……

日月不肯停留它的脚步啊，
春天刚过又来到秋天，
草木已在秋风里变色啊，
佳人可能保住她的红颜①？
啊，三闾大夫屈原！
你在荒野里到处流亡，
经过了多少春天多少秋天！
你喝的是木兰的清露啊，
吃的是秋菊的花瓣；
你披着一身荷叶，
挟着一把长剑啊，
你昂首高歌在大江边。
还是那刚健的脚步，

---

① 这四句也译自《离骚》。原文是："日月忽其不淹兮，春与秋其代序；惟草木之零落兮，恐美人之迟暮。"——作者原注。

屈　原

还是那切云的高冠，
还是那一双清朗的眼；
可是白须飘在胸前，
白发飘在两肩，
枯瘦的身材枯瘦的脸！
啊，我们看见你，
就看见了楚国的灾难！

啊，三闾大夫屈原！
当初你沿大江而东行，
孤单单走进了陵阳山①，
白天你拿起锄头来耕地，
黑夜你拿起笔来写诗篇；
你天天登高来望远，
九年的日月把眼望穿；
你夜夜梦里回郢都，
魂灵儿一夜来回多少遍！
啊，我们看见你的诗篇，
就看见了楚国的灾难！

那一天，
你告别了陵阳，
来到了沅江，
你沿溆水而流亡②，
可怜你越走越荒凉：
深林里看不见太阳，
那岂不是猿猴的家乡？

---

① 陵阳，在现在的安徽南部。屈原在那一带住了九年。——作者原注。
② 沅江、溆水，都在湘西。——作者原注。

雨雪淋湿了你的衣衫,
云海里啊你四顾茫茫。
便扬起你激愤的歌声,
荒山里有谁和着你歌唱?
诗人啊诗人,
这不是你久留的地方。

那一天,
当初夏的阵雨,
洗刷了江南的林莽,
你支撑着久病的身体,
来到沸腾的湘江。
湘江的百姓欢迎你,
汨罗江为你歌唱①,
诗人啊诗人,
你为何热泪满眶?

湘江沅江汨罗江,
楚国百姓遭灾殃。
秦兵年年来讨战,
楚国男儿上疆场。
襄王游猎云梦泽,
巫山云雨会高唐②。
秦兵铺天盖地来,
奔腾杀伐如虎狼。
父老天天盼儿归,

---

① 汨罗江,在今湖南汨罗市。——作者原注。
② 高唐,楚台观名,在湖北云梦泽中。传说楚怀王游高唐,梦见巫山神女。宋玉曾随襄王游于云梦之台,望高唐之观,写过一篇《高唐赋》。——作者原注。

妻子夜夜守空房；
可怜春闺梦里人，
白骨朽坏在沙场！
千人叹息万人哭，
眼泪哭成一道汨罗江！

屈原来到汨罗江，
披发高歌在江旁。
江边乱石耸云霄，
他登高放眼望家乡。
清风扑面来，
山花阵阵香，
可怜他长途奔波多劳累，
不觉地昏昏沉沉入梦乡。

他如今站在一座高山上，
只听见山下鼙鼓震天响；
原来是秦楚两军在鏖战，
黑压压万道旌旗飘舞在疆场。

盾在手，刀在腰，
人在嘶喊马在叫，
铠甲片片放鳞光，
楚国男儿勇猛不可当。

一队队战车一条条龙，
条条飞龙向前冲，
哪怕它乱箭如雨唰唰响，
怎敌得钢刀挥舞快如风。

左马战死右马伤,
战车翻倒在田埂上,
哪怕他黑压压敌人扑上来,
好男儿一齐拼死在沙场!

战士的鲜血流在地,
屈原的热血涌上胸,
他正要拔起长剑冲下去,
忽看见山后一片火光满天红。

啊!
何处炎炎大火烧,
乌烟阵阵冲云霄?
天昏地暗阴风起,
一片哭声似海潮?

啊!
那岂不是楚国的龙门?
那岂不是楚王的宫廷?
郢都啊,我夜夜梦见你,
一霎时都化为一片烟尘!

啊!
你颛顼皇帝的后代啊,
你多才多勇的楚国人民!
祖国啊,我夜夜呼唤你,
我捶胸顿足唤你到如今!

啊!
是何处一片哭声,

屈大夫梦里惊醒,
他举手揩干梦中泪,
只见一轮明月挂天心。

啊!
四野里多么寂静,
月光下万籁无声,
只有汨罗江叫个不停,
和着那远远的悲痛的哭声。

啊!
哭声啊,盈野!
故国啊,沉沦!
孤臣啊,老了,
怎能畏死而偷生!
汨罗啊,滚滚,
将我这满腔的悲愤,
埋葬
在你滚滚的江心吧……

啊,江流,
一阵凄苦的呻吟!
啊,群山,
一个深长的寒噤!
啊,晚风,
一声紧张的呼啸!
啊,田野,
一片悲痛的哭声!

啊!诗人!
月亮照样在江上曳着寒光,

汨罗照样在月下奔流不停,
秋风照样在诉说它无尽的烦恼,
我们已失掉你光芒万丈的诗人!

啊!诗人!
他那倾泻的热情,
他那悲愤的歌声,
他的热爱,
他的憎恨,
他的愁苦,
他的流亡的命运,
一齐遗留给后代的诗人……

啊,安息吧诗人!
大地走完了它痛苦的航程,
江河流尽了它血泪的呻吟,
春风播送着那战斗的歌声,
祖国迎接着她明日的新生。
啊,莫让啊,
莫让在二千二百年后,
莫让他三楚后代的诗人,
再学唱着你悲愤的歌声吧!
啊,莫让啊,
莫让他三楚后代的诗人,
再重复你那悲愤的歌声啊!
啊,诗人安息吧!
啊,安息吧诗人!

尾　　声

楚国的百姓,

忘不了这民族的诗人,
当每年的端午节,
屈大夫的祭日,
他们结队成群,
奔向汨罗江滨,
驾着龙舟,
唱着棹歌,
翻着白浪,
拍着江心,
鼓噪着,
瞪着眼睛,
要向无知的江水啊,
讨回诗人高贵的灵魂。
但是,
诗人去得太远了啊,
只有那寂寞的江底,
还埋葬着他忠勇的尸身!
失望了,那江上的人,
悲痛了,那三楚的百姓。
他们用粽叶包着糯米,
成千成万的糯米粽子,
投向那广阔的江心;
为的是让那贪婪的鱼虾啊,
都能够得到一餐温饱;
怕的是它们那肮脏的触须啊,
碰到了诗人忠勇的尸身。

一九四〇年六月脱稿
一九五八年二月修改

一九四一年

别[①]

啊,祖国——
我的母亲,
再会吧!
你以你的血和乳,
哺育我二十七年。
啊,二十七年,
我和你一同挣扎,
一同受难!
如今,
白云深处的母亲啊,
再会吧!
我永远记得:
白发覆盖着你枯黄的脸;
脸上刻满愁苦的皱纹;
皱纹深锁着你的眼睛;
眼睛蕴藏着无尽的温情;
温情抚慰着我,
注视着我长大成人。
啊,祖国——
我亲爱的母亲,

[①] 本篇作于1941年5月中缅道中。曾收入《光未然歌诗选》《光未然诗存》和《张光年文集》(第一卷)。

再会吧！
我坚信，
这只是暂时的分离。
我永不忘记，
当那一天来到，
我和你一同得到自由的时候，
我将腾空高飞，
穿过长空万里，
猛扑到你的怀抱里！
我和我的同志们——
你的千千万万儿女，
将要把你
失去了的青春和欢笑，
抢过来，
交还给你——
祖国——
我的母亲，母亲！

一九四一年五月中缅道上口占

给南洋诗人[①]

（拟裴多斐体）

朋友，你为什么不歌唱？
当法西斯匪徒的魔掌，
挨近了克里姆林宫墙；
斯太哈洛夫者的鲜血，
洒遍了北方的每一片疆场；
爱自由的诗人啊，
你为什么不歌唱？

朋友，你为什么不歌唱？
当亚细亚巨人的铁掌，
正要把东方的海盗埋葬；
而蛔虫绦虫和伤寒菌，
天天撕裂着巨人的肚肠；
爱祖国的诗人啊，
你为什么不歌唱？

朋友，你为什么不歌唱？
当嘉陵江刺骨的寒流，
袭来伊拉瓦底两岸旁；

[①] 本篇作于 1941 年 12 月缅甸仰光。曾收入《光未然歌诗选》《光未然诗存》和《张光年文集》（第一卷）。

当疟疾感冒和霍乱症,
传到这四季如春的南洋;
爱光明的诗人啊,
你为什么不歌唱?

朋友,你为什么不歌唱?
当伪装绅士的叭儿狗,
天天在主人的脚下叫嚷;
当惯于说谎的金翅鸟,
把黑说成白、圆说成方;
爱真理的诗人啊,
你为什么不歌唱?

一九四一年十二月于仰光

❋一九四二年❋

我的哀辞①

我以我暴怒的言语
告诉你——
　　　　法西斯
我永远把对你的深仇大恨
　　　　记在心底
你又一次
　　　　摧折了
我们苦难人民的
　　　　一面大旗

我以我钢铁的言语
诅咒你——
　　　　法西斯
即刻在我们全中国青年
　　　　悲哀的誓师里
　　　　死灭吧
你竟敢
　　　　杀害了
茅盾先生——
　　　　我的导师

---

① 本篇作于1942年1月12日。曾收入《光未然歌诗选》《光未然诗存》和《张光年文集》（第一卷）。

我的同志

我的眼泪将化为火花
播散在
　　　　漆黑的
　　　　夜的太平洋上
让它变成千千万万
　　　　照明的火炬
为了追寻他
　　　　高贵的灵魂——
茅盾先生——
　　　　我的导师
　　　　我的同志

我的眼泪将化为毒箭
我的无尽的哀思
　　　　将化为弓弦
我将时时刻刻
　　　　让弓在手上
　　　　箭在弦上
对准你——
　　　　法西斯
　　　　我的死敌

我以我诗人的权力
命令你——
　　　　法西斯
必须以你所劫夺的
　　　　全中国的自由和
　　　　全亚洲的自由

必须以你的一切
　　　　连同你卑贱的头颅
用来赔偿
　　　　我们的
茅盾先生——
　　　　我的导师
　　　　我的同志

我以我先知者的预言
告诉你——
　　　　法西斯
　　　　且慢得意
瞧着吧
我们来了
带着悲愤的眼泪
带着无尽的哀思
带着用哀思与眼泪做成的
　　　　无敌的武器
为了讨还
　　　　东方人民的血债
为了纪念
茅盾先生——
　　　　我的导师
　　　　我的同志

　　　　　　　一九四二年一月十二日写于曼德勒
　　　　　　　　　当天在茅盾追悼会上朗诵

绿色的伊拉瓦底①

一

绿色的伊拉瓦底,
带着玻璃样透明的心肠,
愉快而酣畅地,
流在缅甸丰饶的黑土上。
无边的绿色的田秧,
饱饮了她肥美的清澈的绿汤,
一年三度的丰收,
填满了这丰饶的东亚的谷仓。

绿色的伊拉瓦底,
带着玻璃样透明的心肠,
高傲而满足地,
流在缅甸庄严的佛土上。
伊水流过的地方,
到处是黄色的殿堂;
那些镶满宝石的金塔,
一心和金色的太阳竞赛,
天天放射出耀眼的光芒。

---

① 本篇作于1942年8月云南。曾收入《五月花》《光未然歌诗选》《光未然诗存》和《张光年文集》(第一卷)。

绿色的伊拉瓦底,
带着玻璃样透明的心肠,
热情而豪爽地,
流在缅甸佛国的净土上。
象群在江边游嬉。
孔雀在江上飞翔。
青年们在两岸高声歌唱;
那歌声热情而又豪爽,
正像她绿色的伊拉瓦底一样。

绿色的伊拉瓦底,
带着玻璃样透明的心肠,
纯洁而善良地,
流在缅甸温暖的乐土上。
和平的勤劳的人民,
享受着天上充足的阳光;
男人们有褐色的胸脯;
女人的心晶洁而又明朗;
正像她绿色的伊拉瓦底一样。

二

从悠远的古老的年代,
从伊江开始学会了
玻璃样清脆的歌唱,
和平的缅甸人民,
一直耕耘在这一块
被大海环抱
被椰林覆盖的土地上。
说什么缅甸男女
柔顺得像鸽子和羔羊?

有伊江给他们热血,
有太阳给他们力量。
缅甸的英雄好汉,
也曾率领他勇敢的儿郎,
驱着那威武的象阵,
越过崇山峻岭,
万弩齐发,
痛击那海外的敌人。
教葡萄牙的冒险家,
血染沙帘①;
法兰西的远征舰队,
化为灰粉②!
从此,
缅甸英勇的儿郎,
放下威武的刀枪,
让伊江的绿水,
洗净他复仇的血手;
让生命繁殖,
像道旁绿色的田秧,
让和平的钟声
荡漾……
在田秧一般稠密的
金黄色的塔尖上。

三

从悠远的古老的年代,

---

① 十七世纪初叶,葡萄牙冒险家勃利多占据大光(仰光)附近的港口沙帘,称霸一方。1613年缅王阿那毕隆率军攻克沙帘,戮勃利多。——作者原注。
② 1756年缅军克沙帘,歼法国侵略者,焚毁法舰,俘其炮兵。——作者原注。

唉，从我的古老的国家，
从云南的山岳地带，
多少人结队成群，
爬过终年积雪的山岭，
要在这温暖的岛国，
试一试他们的命运；
而从我国南方的海滨，
有更多的倔强的心，
不甘在天灾和赋税的重压下，
继续着长年无望的呻吟；
还有那古代的遗民和亡命客，
不愿像驯羊般在故国偷生；
一队队冒险的行列，
一只只白色的风帆，
把命运交托给海洋，
交托给狂风和黑浪；
也竟有不少的幸运儿，
完成了他海上的梦游，
把破帆儿停泊在
伊拉瓦底两岸旁。
从此，
把长袍换成沙笼①，
把他乡当成故乡，
几十万双勤劳的手啊，
投入了锦绣缅甸的怀抱；
千百年的友谊之歌啊，
传遍了风光明媚的南洋。

---

① 缅装：围裙。——作者原注。

四

在那童话一般的梦境,
在你那梦一般的童年,
你绿色的伊拉瓦底,
歌唱得像童话一般。
春风播送你纯洁的歌声;
歌声飘荡到柔和的江岸;
江岸是一望无边的绿野;
绿野展开了天真的笑颜。
这儿,椰林里,
走出来一群青年妇女,
红色的沙笼多么鲜艳;
那儿,田埂上,
跳出了几个青年男子,
方格子的围裙分外惹眼;
还有,金塔下,
移动着一队托钵的僧侣,
黄色的袈裟十分庄严。
他们干什么
来到这绿油油的田间?
仿佛是为了
举行野外的舞会,
牵动了这绿油油的画面:
那五光十色的舞衣,
穿梭似的在田间摆动;
好像五光十色的蝴蝶,
花翅膀在绿叶间招展。
他们向着你
绿色的伊拉瓦底,
从纯洁的心胸,

涌出了纯洁的语言；
这愉快而多情的
人类的语言，
和着大自然的音籁，
又那样愉快地
回荡在你
多情的伊拉瓦底
绿色的心胸之前……

五

请原谅我吧，
绿色的伊拉瓦底！
因为我这样无情地
勾引了你童年的记忆；
因为那愉快的歌声，
随着你愉快的童年，
飞去了，
去得太远！
因为那代之而来的
人间的忧患，
曾使你玻璃样的心肠，
受尽了苦痛的熬煎！
一百年前，
那满载着资本主义细菌的
东印度公司的航轮，
冲破了孟加拉海湾的
热雾腾腾，
也是多事的

海上白鸟的指引[①],
他轻轻叩开了
你锦绣缅甸的大门。
唉！你还在鼓掌欢呼吗？
你好奇的缅甸孩子们！
便是这鼓噪而来的海盗，
闯进了伊拉瓦底的江心！
唉！你还在亲切召唤吗？
你天真的缅甸孩子们！
便是这鼓噪而来的敌人，
将要一船一船地
夺去你缅甸遍地的黄金！
唉，你还在热烈欢迎吗？
你多情的缅甸孩子们！
便是这红烟囱白烟囱的巨轮，
将要一船一船地
满载着疾病和死亡，
带来给你
多情的缅甸孩子们！

六

请原谅我吧，
绿色的伊拉瓦底！
因为我这样无情地
勾引了你苦痛的记忆；
因为此后的半个世纪，
在你玻璃般平静的江面，
掀起了惊心动魄的波澜：

---

① 民间传说：英国东印度公司航轮初到仰光，遇大雾，迷失方向，有白鸟指引，才得安抵港口。——作者原注。

那满载着病菌而来
满载着黄金而去的
红烟囱白烟囱的商船,
好像红脖子白脖子的魔鬼,
结队成群,
发出疯狂的呼啸,
撕破你绿色的心肝!
你的白绵绵的脂肪,
雪花一样,
飞溅到绿油油的江岸,
使江岸也激起
一阵阵痛苦的痉挛!
跟着从加尔各答,
从孟加拉海湾,
从勃生的鱼米之乡,
从沦陷了的仰光,
咆哮而来了,
大队的装甲炮舰。
密集的舰队,
挟着密集的炮火,
撕裂了伊拉瓦底的心脏,
闯进了锦绣缅甸的心脏。
炮弹,划破长天!
炮弹,呼啸着穿过稠密的塔尖!
炮弹,落在村庄!
炮弹,雨点似的落在市街上!
炮弹,爆炸在祈祷和平的寺院!
炮弹,雷霆一般地爆炸在曼德勒
　　地波王辉煌的宫殿!
炮弹杀死了缅甸国旗上的孔雀!
炮弹烧焦了缅甸田野间的土壤!

炮弹炸昏了
这瑞帽王朝最后一代的
天真而糊涂的地波王①！
（虽然在炮弹下投降了，
他还是被装上囚车，
囚禁在印度洋中
一个荒凉的孤岛上，
他在那儿寂寞地死亡。）

七

请原谅我吧，
绿色的伊拉瓦底！
因为我这样无情地
勾引了你愤怒的记忆；
因为到如今，
佛国的庄严已经丧尽！
佛的恩宠
不赐给他虔敬的弟子，
而赐给那摧毁他的寝殿，
盗取他金塔珠宝的恶棍；
佛门弟子的命运
不决定于神灵，
而决定于数万里外
带给他贫穷与灾害的主人！
从此，
孔雀的羽毛
不再夸展她的美丽；
佛塔的黄金

---

① 1885年冬，英帝国主义由印度派军入缅，经由下缅甸的勃生、仰光，溯江而上，攻占缅京曼德勒。地波王被擒，流放于孟买海滨的一个小岛上。——作者原注。

逐渐剥蚀它的光辉；
和尚们
低头走过市街，
默默不语；
青年人
紧锁着双眉，
眉缝间
一道仇恨的印记；
农民的孩子
穿不起沙笼，
赤条条地
辗转在泥泞里；
仰光
乌鸦满天飞，
以聒噪的诅咒，
投向淫荡的都市，
以饥饿的泪水，
洒向你
被不休的奸污
瘫痪了的
绿色的伊拉瓦底！

八

请原谅我吧，
绿色的伊拉瓦底！
因为我这样无情地
勾引了你悲哀的记忆；
因为你所期待的
复仇的日子，
荒芜了，
到如今

又是半个世纪!
因为到如今
又是半个世纪,
一千七百万①
善良的心,
仍然浸透在
苦痛的期待里!
但是,
我知道
从伊拉瓦底
伸展出来的
全缅甸的脉搏,
已经紧张起来了!
我听见:
一句话,
一个口号,
父亲告诉儿子,
师傅告诉学生:
——缅甸是缅甸人的缅甸!
——缅甸人是自己的主人②!
我看见:
一盏灯,
一团火星,
父亲传给儿子,
师傅传给学生:
要烧起来!
烧起来③!

---

① 这是太平洋战争以前的统计数字。——作者原注。
② 这是太平洋战争前缅甸德钦党的口号。——作者原注。
③ 缅甸革命青年游行时,经常高呼口号:"缅甸,烧!烧!"——作者原注。

要酿成岛国的火灾，
要烧出佛国的光明！
我早就知道
有一条心，
一种声音，
父亲呼唤儿子，
师傅呼唤学生；
被伊江的水喂大的
缅甸的儿女们，
将要响应着
战鼓的节奏，
用惯于载负仇恨的
粗壮的肩头，
用死力
顶起
那阻碍江流倾泻的
黑暗的闸门！
应该有
愤怒的狂澜
冲毁一切堤防
泛滥；
为了洗刷
血泪斑斑的缅甸，
为了灌救
龟裂了的
一千七百万
焦渴的心田！

九

那一天，
当我流亡的脚步，

踏进悲哀的缅甸，
当闷热的夜，
无风的夜，
我怀着激动的心，
轻轻走到你的身边。
倾听你伊江紧张的喘息，
倾听你缅甸大动脉
不安地震颤。
虽然明月冷淡地望着我，
虽然群星狡猾地讥笑我，
我预言：
在到处埋藏着火花的
燥热的缅甸，
雷火交响的日子，
已经不远了！

那一天，
当我流亡的脚步，
踏进悲哀的缅甸，
我分明听见，
从火中的欧罗巴，
从火中的太平洋，
从着火了的苏维埃，
从着火了的我的祖国，
一齐向着你
激动的缅甸，
发出了
雷电的召唤。

那一天，
当我流亡的脚步，

踏进悲哀的缅甸，
当闷热的夜，
无风的夜，
我怀着颤抖的心，
轻轻走到你的身边。
我看见，
全世界的眼睛在望着你，
全世界的耳朵在倾听你，
全世界的手，
在亲切地向你召唤！
我预言：
在到处埋藏着火花的
激动的缅甸，
雷火交响的日子，
已经不远了！

一九四二年八月写于云南

一九四三年

午夜雷声[①]

上

你天外滚来的
午夜的雷声
越过高山
透过层云
落在我的窗外爆炸
把我从噩梦中惊醒

我的心随着
跃动的夜的田野
跳荡不宁
像是睡在惯会摇动的战壕
或者黑暗的重庆大隧道
听一声重磅炸弹
在我的头顶上爆裂

我分明觉得
当一瞬银色的闪电

[①] 本篇作于1943年1月7日，发表于1943年《诗创作》第19期。曾收入诗集《雷》《光未然歌诗选》《光未然诗存》和《张光年文集》（第一卷）。这里内容据初版。

划开暗夜
跟着你雷霆的巨轮
挟着呼啸的风和倾泻的雨
从遥远的天边外
越来越近
越来越急
越来越响地
向我滚来
你一声接着一声
把满藏着愤怒的炸弹
掷向人间

跟着是
火山与火山的火拼
星球与星球的撞击
恶魔与恶魔的搏斗
蛟龙与蛟龙的厮杀
——在这漆黑的午夜里

你撕人肝肠的
雷火的怒吼
使胆怯者变色
幼小者啼哭
少女的头缩进被褥
娇妻钻进她丈夫的胸脯
羊群互相冲撞
鸦雀哀悼她们的归宿

你卷起了海底的巨浪
敲碎了江上的帆樯
烧红了满天的银沙

又把红云般的沙块抛下
埋葬了午夜进军的人马
——在荒凉的北方
在北方荒凉的沙漠上

什么使你这样暴怒呢
难道将以你不可抗拒的声威
毁灭全世界

我知道
就在今夜
就在你雷火交响的一刹那
多少颗宁静的心
被震荡得抖个不停
多少酣畅的梦境
被敲碎得没有踪影
他们也一定像我一样
呆坐在卧榻上
忍耐这长夜的失眠
枯守直到天明

下

我听见
你一声接着一声
用钢的炸弹
火的炸弹
雨点似的投向人间

仿佛是
你一声接着一声

用钢的语言
火的语言
殷勤地向我召唤

唉　　唉
在我们这既不能安睡
又不能工作的夜的国土
在我们这闷人的季节里
我早就在期待着你这一声
午夜的雷鸣

我裸露着灼热的身体
从颤抖的卧榻上跃起
用热血胀红了的眼睛
透过窗外袭来的暴风雨
向黝黑的天际
搜索你轰隆的足迹

尽管来得更强烈些吧
尽管箭一般的骤雨射伤我的肉体
我仿佛觉得
周身的血液
随着你一霎闪电的寒光
闪电似的涌到我的心上

你的声音唤醒了我的声音
你的暴怒激动了我的暴怒

于是　从我的胀痛了的心
从我的着火了的心的深处
从我的年长月久的郁结里

爆发了
无声的怒吼

我仿佛觉得
从我午夜的心底发出的
愤怒的声音
随着你一霎银光的照明
冲破了乌黑的云层
响应着你
天上的雷声
啊哈
我的暴怒烧红了你的暴怒
啊哈
我的声音烧红了你的声音

我仿佛看见
我的四周
我的四周的邻人
随着你又一声霹雳
随着我再一次霹雳般的吼声
一个个从午夜的被褥里惊起
一个个
揉摸着他朦胧的眼睛
睁开了他惊奇的眼睛

啊哈　来吧

让我们
一声接着一声
用火的语言
钢的语言

交换着
爱的礼赞

让我们
一声接着一声
用火的声音
钢的声音
驱逐他
夜的幽灵

啊哈　来吧
你天外滚来的
午夜的雷声
尽管挟着耀目的闪电与
呼啸的风和倾泻的雨
尽管摇坍我的房屋
震破我的耳膜吧
我仍然张开我的怀抱欢迎你

啊哈　来吧
再勇猛些
随我来吧
我将带着你
带着那些刚刚醒来的
被美梦所沉迷
被噩梦所窒息的
四周的邻人
一同去
征服他
午夜的暴君

一九四三、一、七

野性的呐喊（五章）[①]

我的诗
是一把刀
解剖敌人
也解剖自己
内心的丑恶

烦　　躁

无端的烦躁
蕴蓄着无尽的力
要寻找每一个机会空降
向四面八方
放射出去

无端的烦躁
是决堤的水
他命令
腐朽的时代
庸俗的堤防
在他面前

[①] 本篇作于1943年4月，曾收入诗集《雷》。其中的《眼睛》（改名为《我梦见》）和《细菌》（改名为《我病了》）合为《在病床上》（二章），曾收入《光未然歌诗选》《光未然诗存》。其余三章后来以《野性的呐喊》（三章）为名收入《张光年文集》（第一卷）。这里的内容据初版。

崩溃

无端的烦躁
是野性的呼声
他唤回
十万年前
原始人类
破坏的本能与
创造的意旨
他唤回
洪荒时期
大森林中
残酷的记忆

无端的烦躁
是疯狂的火蛇
一放开手
会酿成

夜半的火灾
会烧毁邻人
烧毁自己
烧毁自己所热爱的
崇高的神祇

无端的烦躁
使我
由恐怖而狂喜
由狂喜而战栗

无端的烦躁

给我以
最大的怯懦和
最大的勇敢
我咬紧牙关
把疯狂的火蛇
残忍的火蛇
野性的火蛇
又向自己
火热的心房
吞下去

眼　　睛

我梦见
我变成了
迫害狂患者

我感觉
有人用嫉妒的眼
瞪着我
邪恶的眼
盯着我
阴沉沉的眼
跟着我

眼睛
绿阴阴
透过黑色的头巾
凶暴而且残忍

眼睛
尖的
扁的
一条线的
圆瞪瞪的
绿阴阴的
冷冰冰的

眼的波涛
眼的海
从四面八方
向我袭来

我带着
负伤而流血的
圣洁的灵魂
向荒野
向黑暗的角落
逃遁

而那里
眼睛
生了腿
长了翅膀
已经先我而来
张开了
绿阴阴的网

我陷在
眼的网里
排解不开

我大叫一声
从噩梦中醒来

直到今天
我疲劳的眼眶里
还残留着
梦中的热泪

细　　菌

我病了
不知道
从什么时候起
罪恶的细菌
仇恨的细菌
偷偷地
爬进了我的血液

他们以
电的速度
光的速度
以几何级数
在我跳跃着
青春的律动的脉管里
繁殖
从那时起
我的温暖的心胸
不再喷射
青春的爱与喜悦
从那时起

她变成了
罪恶与仇恨的巢穴

从那时起
我把自己
囚禁在阴暗的监房里
不歌唱
也不敢呼吸
怕的那杀人的细菌
随着我喑哑的歌声
播散出去
伤害了我的邻人

深夜里
我听见那疯狂的细菌
结队成群
在我脉管里飞奔
像大队人马
呼啸着
穿过稠密的街心

我听见他们
以贪婪的节奏
啃噬着我的心脏
像老鼠爬进谷仓
像飞蝗驰过麦浪
像饿蚕停在桑叶上
沙沙地响

这时候
我的脉管暴跳

眼珠紧张而突出
高热使我昏眩
而豆大的汗珠
雨一样流
我不禁怒吼
使墙壁和屋瓦
应吼声而颤抖

啊　你天上的神灵
你地上的好心人
怜悯我而且
拯救我吧
别让我光辉的青春
长此在苦难的血海里
沉沦
就趁我
症候发作
毒火燃烧的时候
在我的身边
点一把更热烈
更庄严的火
让我这满身载负着
诅咒与仇恨的生命
在火的沐浴中
化成一团灰烬

然后让我
圣洁的灵魂
像火中的凤凰
带着爱的灵光
从自己尸骸的灰烬中

更生

焦　　渴

搜索了一天又一天
爬过了一座山又一座山
焦渴使我瘫软
我渴望见到
像幻想一般丰满
像眼珠一般明澈的
一湾清泉

舐光了杯沿上
最后一滴水
吮干了舌尖上
最后一滴唾液
也咽下了
从枯皱的眼睑挤下的
最后一滴眼泪

焦渴使我昏迷
我渴望寻到
像幻想一般丰满
像眼球一般明澈的
一湾流水

渴望那一湾清水
愿匍匐在她身边
狂饮沉醉而死

口腔里
冒出火焰
手和脚
冷得打战
用牙齿
咬断自己的血管
而血管
像口腔一样焦干

我倒下了

我梦见
恰是幻想一般醉人
眼珠一般透明的
一湾清泉
我喜极而狂呼
醒过来
骄阳下面
仍是火辣辣的一片

但是　呀
什么声音
在我的耳边萦绕
我听见了
像流水一般迷人的
天上的音乐

我爬起来
追上我的耳朵
一步一踉跄地
向前奔跑

我看见　呀
悬崖下
两山的峡谷间
恰是
梦一般曲折
幻想一般深远的
一湾清泉

可以闻到
她醉人的芳香
她明澈的心胸上
仿佛照见
我枯黄而焦渴的面庞

但是　呀
她这样远
在悬崖下
两山的峡谷间

滚开吧
你命运老人
别播弄我
吓唬我吧
我的命运
永远掌握在
自己的手心

为了拯救我焦渴的灵魂
甘愿献出我卑贱的生命

瞧着吧
我将纵身一跃
埋进她神秘的波心
让我这干渴已久的
每一条神经
每一条毛管
都一同完成了
我的志愿

控　　诉

告诉我
你天上的精灵呢
还是地下的魔鬼
播弄人
到何时为止

为什么
你嘲弄地球
把咫尺拉成千里
嘲弄时间
把一霎拉成一个世纪
为什么在白昼
播散恐怖的黑影
使太阳也感到
刺骨的寒冷

为什么
让孩子的声音
喊出失掉保护的恐惧

善良的灵魂
只敢在黑夜里哭泣

为什么囚禁了
爽朗的笑
忘我的笑
囚禁了矫健的手
矫健的脚步

为什么
火热的心
冰冻的脸
火热的愿望
冰冻的语言

为什么睿智的眼
看不见灵光的烛照
机敏的耳朵
听不见
旷野的呐喊

为什么
让我
天真的诗人
爱美的诗人
却唱出了
这样残酷
这样有罪的
惊心动魄的歌声

一九四三、四、一—九

颂　　歌[①]

一切庄严中最庄严的
一切美丽中最美丽的
一切热烈中最热烈的
一切神奇中最神奇的

从不同的时代
从不同的国土
不同的种族和人民
以各式各样的语言
亲昵地呼唤着你
各式各样的文字
殷勤地描画着你

召唤在山野
密语在溪边
惜别在海岸
挥泪在江干……
月亮深情地笑了
星星天真地哭了
你美化了人生
诗化了大自然

[①] 本篇作于 1943 年 8 月 5 日。曾收入诗集《雷》和《张光年文集》（第一卷）。这里内容据初版。

古往今来
多少响亮的歌曲
聪明的乐语
吐泻出人性的光辉
多少诗篇
以不同的手法
吟叹着同一的主题
它们都是你多变化的
不死的灵魂的画像啊
为了赞美你
阿谀你或者
诅咒你

倘使把那些
坚实的感情和
沉重的乐音
堆积起来
一定会
压倒了山岳
填满了大海
而运载起来
要动员全世界的骡马

古往今来
我们可怜的人类
为你而流的
喜悦的泪和悲伤的泪
随着岁月的轮回
曾经汇成河流
化为蒸汽

变成云　变成雨
降落在大地
所以每一天我所饮的
每一掬泉水里
都分明尝到
有古代美妇人的眼泪

告诉我
你的存在何其神奇
火车　轮船　飞机
穿过平原　海洋　天空
日夜不息地
输送着你热情的意志
而在肉眼看不见的
电波和音波里
以可惊的速度
传递着你神秘的消息
所以使敏感的诗人
随时随地
感到耳边滚沸
而我一呼吸间
有这样多热情的密电码
争着吵着拥挤着
挤进我滚沸着的心肺
使我想爆炸
想飞

告诉我
什么力量
使聋子的耳朵

听见无声的召唤
瞎子的眼
接受黑夜的启示
什么力量
能在一刹那间
使傻子变成智慧
使懦夫勇于牺牲自己
视生命如尘灰

告诉我
那不可捉摸的
曾在一夜间
使狮子变成驯羊
使天才变成白痴的
是谁
告诉我
曾赐给诗人以灵感
又在一夜间
陡地使他灵泉枯竭的
又是谁

告诉我
是谁把疯狂的细菌
注入诗人的脉管里
使他在高热下
冲破世俗的藩篱
吐出狂人的呓语
而疯狂使他更美丽

一切庄严中最庄严的

一切美丽中最美丽的
一切热烈中最热烈的
一切神奇中最神奇的

你的苦痛何其深
你的欢乐何其美
救世的福音是你
烧人的炼狱也是你
因为你和嫉妒和仇恨
是一胎孪生的三姐妹

你的宝座何其高
你的神采何其迷离
像天上的虹桥
像诱人的北极光
像婴儿的梦
像行吟诗人的幻想
人们只敢遥遥地憧憬你

得到你何其难
失掉你何其容易
倘使心灵不能晶莹如美玉
倘使没有焚烧宇宙的热力
倘使不能视生命如尘灰
我们便永远无法接近你

一切庄严中最庄严的
一切美丽中最美丽的
一切热烈中最热烈的
一切神奇中最神奇的

告诉我　此刻
你在那里
你在做什么
你在想什么
你唱的什么歌
你住在什么星座

倘使我这样虔敬如神明
倘使我全生命凝成一个声音
我的声音可能达到你

倾听我而且
宽恕我吧为了
我是尘世的诗人
为了那些
亵渎你　亵渎我
亵渎了千万人虔敬的心的
尘世的恶灵
播弄我　播弄你
使我无法把怒放着的心花
全部地呈献给你

宽恕我吧我是
尘世间流亡的诗人
苦难的尘世向我招手
尘世的罪恶使我心惊
一个信念征服了我
我答应她为她献身
因此我无法以全生命的勇毅

颂　歌

摆开一切地
奔向你而且
摘下你
高空的彗星

但谁也不能阻止我
以悲壮的胸怀歌颂你
正如谁也不能阻止我
向痛苦的时间之流
又捧上我这一掬
人间最庄严的泪水

倾听我而且
宽恕我吧
倘使我的乐章没有亵渎你
为了我的苦痛如此深
我的灵魂如此虔敬
所以
每当我吟诵的时候
我激动的心
每一次
总要随着
我每一句
诗语的颤荡
抖一回

一九四三、八、五夜写完

镇 魂 曲[①]

一

遨游于星海之滨
腾飞在时空之外
你流云一般彩霞一般的
高傲而苦痛的灵魂啊
回来

你朝着什么方向飞
你沉迷在什么境界
你的友人为你默祷
你丧魂失魄的生命向你呼唤啊
回来

智慧还没有放射出最高的光芒
歌声还没有响彻茫茫夜
能让爱你的为你悲泣
能让你怒火之花熄灭吗
回来

---

① 本篇作于1943年8月。曾收入诗集《雷》《光未然歌诗选》《光未然诗存》和《张光年文集》(第一卷)。这里内容据初版。

镇 魂 曲

敌人还未投降
保卫阳光的战斗还未终结
夜路上一片疲惫的呻吟与叹息
人间正期待着你雷霆的巨响啊
回来

二

你飞得高
自然看得远
试回顾人间
穿破濛濛夜气
用你睿智的眼

一个浪头压倒一个浪头
一个时代翻过一个时代
而生命吞噬着生命
灵魂绞杀着灵魂
罪恶的手亵渎了美的崇拜

应该有盖世英雄
从万人的悲哀中站起来
用他的巨手
拨开地面的云翳
让他的声音压倒一切

快结束你云中的遨游吧
人类求生的惨叫已经
扰乱了天国的宁静
为了肩负万众的苦难

因此神之子降生在人间

你飞得高
当心跌得惨
快回来
快勒转你热情的骏马
踏着雨后的虹桥走下来

三

凝望大自然
让脚跟落在人间
看得越深越仔细
宇宙万汇
无往而不神奇

叶的脉络
花的芳香
甲虫的斑点
蝴蝶的翅膀

从鸟的羽毛
到冰雪的图案
从一滴水的世界
到八月的云天

宇宙万汇
各有她的美妙与神奇
你诗人的偏爱啊
你苦痛的执着啊

将要触怒了
大自然创造的意旨

倘使你来到世界上
为的以悲哀换取智慧
倘使拥抱苦痛
是你生命中最高的欢喜
你荒山月夜的游魂啊
为何凄苦彷徨而无所归

四

以悲壮的歌声呼唤你
以真理的名义昭告你
你的苦痛较之万人的苦痛
你的悲哀较之万人的悲哀
不过大沙漠中的一粒尘埃

失掉的是破碎的幻想
得到的是人间的热爱
这受难的世界
一切被侮辱被损害的灵魂
永远与你同在

让雷霆为你开路
让闪电为你照明
让暴风雨以英雄的气概
护送你高空的浪子
从遥远的天外归来

让海洋耸起山岳一般的臂膀
让群山展开海洋一般的胸怀
让悲壮的歌声响彻全世界
欢迎你高空的浪子
从遥远的天外归来

　　　　　　　　　一九四三年八月　云南路南

月夜竞奏曲[①]
——一个诗歌音乐晚会上的开场白

这样美的夜
这样好的月亮
大人们
孩子们
这么多人
来到这月夜的广场上
年轻的心
好玩的心
来吧
让我们
纵情地笑
纵情地唱
在这月夜的广场上

这样好的月亮
这样美的夜
大人们
孩子们
高高兴兴地唱起来
年轻的心

[①] 本篇作于 1943 年 11 月 11 日。曾收入诗集《雷》和《张光年文集》(第一卷)。这里内容据初版。

火热的心
抛开了个人的悲哀
享受着战斗的愉快
来吧
让我们
纵情地笑
纵情地唱
让歌声
滚动在月夜的田野
让青春的欢笑
征服一切
让月亮也笑得
裂开她的大嘴
让顽皮的星星们
笑得
一个一个地
从他们闪着金光的座位上
掉下来

夜是这样美
月亮这样好
大人们
孩子们
纵情地唱吧
纵情地笑
谁敢干涉我们
对不起
把他打倒
因为我们是年轻人
我们有权利这样唱
因为我们是年轻人

月夜竞奏曲——一个诗歌音乐晚会上的开场白

我们有权利这样笑
谁敢干涉我们
对不起
请他听着
因为我们是年轻人
我们有这样高的欢乐
因为我们是年轻人
我们有这样多的骄傲

月亮这样好
夜又这样美
比莎士比亚的梦更美
比修贝尔特的小夜曲更美
比一切诗人和音乐家
所能幻想出来的
更美丽
大人们
孩子们
跟我一齐
抬起头
看看月亮
看她轻快的脚步
怎样在云层里穿来穿去
看看星星
看那些傻孩子
怎样快活得掉下了眼泪
看看远处的山
看看月下的田野
看看树林已经
一声不响地
在月光下排成队

看看我
再看看你自己
你就相信
今夜里
比过去一切的月夜更美丽

大人们
孩子们
安静些
准备听下去
我要让
悲多汶①出来说话
这位音乐家
惯于用他的
苦痛的眼泪
换取别人的
喜悦的眼泪
让马耶可夫斯基出来
让这位俄罗斯的灵魂
告诉你们
俄罗斯的人民
怎样和上帝安排下的命运
作斗争
我要让
高尔基出来说话
让他以海燕一般的勇敢
呼喊出时代的预言——
让暴风雨来得厉害些吧

---

① 即贝多芬。

月夜竞奏曲——一个诗歌音乐晚会上的开场白

让夏里亚平说话
让他以神奇的歌喉
歌唱那
悲痛的 Volga①
愤怒的 Volga
让中国年轻的歌唱家
赵沨　走出来
让他用
金属的声音
银铃的声音
好好地替你们
说几句知心的话
动听的话
我要让
诗人光未然
出来说话
当大地沉睡的时候
他的诗
永远是午夜的雷霆
挟着呼啸的风和倾泻的雨
以着火的声音呼唤你
将使你
从梦中惊醒
睁开你
惊奇的眼睛

大人们
孩子们

---

① 即伏尔加河。

安静些
准备听下去
我要让
天上的缪司神
也来参加
我们的晚会
让那几个女孩子
一个个撅起嘴
让她们一个个
流下嫉妒的眼泪
让阿坡罗神也来
让他惊服于
人间的美丽
让他在云层里
暴跳如雷
因为我们的血
比他的更热
因为我们的声音
比他的更美
因为我们的
节奏的语言
热情的语言
比天国的语言更神奇

大人们
孩子们
安静些
准备听下去
因为今晚所展览的
是诗与音乐
在一切艺术中

月夜竞奏曲——一个诗歌音乐晚会上的开场白

她俩最高贵
她会帮助你
把你自己捉摸不到的
灵魂中最美丽的东西
发掘出来
呈献给你
让你在激情燃烧中
惊叹于
自我的美丽
所以
你必须谛听她
尊敬她
带着感激的眼泪
所以
亵渎了诗和音乐的
回去
利欲熏心的人们
回去
把肉麻当有趣的
回去
打呵欠的
回去

大人们
孩子们
安静些
准备听下去
那些担任节目的
快准备
我的开场白说得这样好
你们演唱的时候

也该像我一样
卖力气

大人们
孩子们
安静些
准备听下去
在别人朗诵和
歌唱的时候
你们别着急
反正我们准备歌唱到天明
一定会有个机会轮到你
月亮这样好
我的诗和月亮一样好
夜又这样美
我的诗和月夜一样美
一句一句
恰巧打到你的心坎里
爱美的人们
有良心的人们
何必隐藏你
内心的欢喜
那么　感谢我吧　欢迎我吧
为欢迎我　感谢我而鼓掌吧
因为
我要听见你的
欢声如雷
我要听见你的掌声
如雷

十一、十一

❋一九四五年❋

民主在欧洲旅行①

第一章

民主
全世界的情人
自由和欢乐的化身
这回
终于被强大的盟军
从希特勒的集中营里
解放出来了

她得到了解放
她和欧洲的二十个国家
和全欧洲无数的人民
和被押在集中营里的
无数的政治犯
一同得到了解放

真要命

---

① 本篇作于1945年4月,发表于1945年《民主周刊(增刊)》(昆明)第3期,署名光未然。曾收入诗集《光未然歌诗选》《光未然诗存》和《张光年文集》(第一卷)。这里内容据初版。

她是在昏迷状态里
被捉进集中营的
她又在集中营里
继续了十五年的酣睡
这回
才算被
密集的炮火和
洪钟般的呼声
惊醒了　而且
揉揉眼睛
站起来了

民主站起来了
她还像从前那样漂亮
那样愉快而年轻
那样爱生活
爱居住在这个行星之上的
跃动的人群

民主站起来了
她看见
沉潜的欧洲翻了身
到处是火红的旗帜
到处是欢呼的人群
她听见
从全世界的每个角落
以演说　以呼口号
以炮弹　以歌唱
以新闻纸　以无线电
播送着同一的呼声

——我们需要民主!

民主笑眯了眼
她说
久违了
我的孩子们
我要来的
我要来看看你们
她说
我要带着许多美好的礼物
开始我长途的旅行

她说
我要为你们
带来法兰西的远年美酒
带来英国细极的毛织品
带来苏联集体农场的收获物
带来美国的黄金
她说
我要带着这些丰盛的礼物
开始我长途的旅行

她说
我要为你们
带来旧世界的希望和
新世界的光明
我要带来
自由的花朵和
胜利的果实和
和平的种子和

欢乐的歌声
她说
我要带着这些美好的礼物
开始我伟大的旅行

她说
欢呼吧
我的孩子们
凡是真心爱我的
凡是真心想念我的
凡是挣扎在苦痛的泥沼中的
我的多灾多难的孩子啊
快用你们年轻的喉咙
高声地呼唤我的名字

她说
你们的要求越迫切
你们的呼声越响亮
我必应声而来
首先来到那
呼声最迫切
喊声最响亮的地方

她说
我要来的
我要坐着春天的马车而来
我要驾着太阳的金车而来
我要骑着歌声的翅膀而来
我要带着丰盛的礼物而来

她说
孩子们
准备欢迎吧
而且昭告全世界
说　民主来了
带着美好的礼物来了

第二章

民主到了法兰西
内地军从敌人手里
夺来了巴黎接待她
法国人民
以海潮般的掌声欢迎她
以千万人的群众大会欢迎她
以洪亮的马赛歌欢迎她

民主到了意大利
盟军攻入罗马欢迎她
意大利人
以联合政府的礼炮欢迎她
以南欧人的狂热拥抱她
以上好的葡萄酒款待她

民主到了南斯拉夫
铁托元帅
以壮大的解放军行列欢迎她
以联合内阁的旗帜欢迎她
以多瑙河上的夜会欢迎她

民主到了波兰
红军涌进华沙欢迎她
维斯杜拉河上的人民
以临时政府的请帖欢迎她
以新鲜的牛乳和马铃薯款待她
以肖邦的舞曲款待她

民主在欧洲旅行
从地中海到蓝色的多瑙河
从喀尔巴阡山到波兰平原
从静静的顿河到德国的心脏
从诺曼第到罗马利亚大油田

民主在欧洲旅行
从山到山
从海到海
从城市到村庄
从村庄到城市

民主在欧洲旅行
穿过冰川
穿过草原
穿过黑黝黝的大森林
穿过万里长空
骑着哥萨克的骏马
骑着盟军的火箭
越过重重的国界和
重重的铁丝网
冒着密集的炮火和
战地的狼烟

不停地向前奔驰

凡民主到达的地方
那儿便有欢声沸腾
民主把美好的礼物
丰盛的礼物
分赠给爱民主的人们

凡民主到达的地方
那儿便有歌声沸腾
民主使不会歌唱的
不敢歌唱的
也扬起歌声
赞美民主的福音

凡民主到达的地方
随着她的步步脚迹
展开了朵朵的睡莲和
金黄色的向日葵
血红的喇叭花和
芬芳的野蔷薇　还有
自由的花朵和
胜利的花朵
智慧的花朵和
进步的花朵
都开放得愉快而鲜艳
民主使古老的欧洲
沉睡的欧洲
一转眼间
变成了民主的大花园

第三章

哎　哎
我的亲爱的读者
我的友人
我也和你们一样
都是饱经风霜的
古中国的老百姓
我们焦渴饥饿而褴褛
我们诅咒
全中国是一个大监狱

救命吧　救命啊
我们疯狂地摇撼
这个监狱的铁栏杆
救命吧　救命啊
我们攀上它污秽的小窗户
向四方发出求援的呼喊

快些为我们
带来法兰西的远年美酒
英国细极的毛织品
苏联集体农场的收获物和
美国的黄金吧
我们需要这些好东西
我们需要民主

为我们带来
自由的花朵

胜利的果实
和平的种子和
欢乐的歌声吧
我们需要这些好东西
我们需要民主

我们需要民主
需要她带来的礼物
只有那些好东西
才能使我们得救

因此
我们开了无数次的大会
我们发了无数次的宣言
我们拍出了无数次的电报
我们寄出了无数次的请柬

可是
民主还没有到夹
民主在欧洲徘徊

我们拜托了
英国的绅士和
美国的官员
拜托丘吉尔和罗斯福
拜托华莱士和赫尔利
说　请替我们捎个信吧
请替我们催催客吧
我们实在等得不耐烦了
可是

民主还没有到来
民主在欧洲徘徊

不知道有多少次
我们听到说
民主来了
她马上要来了
这回可真的来了

可是
民主还没有到来
民主在欧洲徘徊

哎　哎
我的亲爱的读者
我的友人
我也和你们一样
为期待民主的消息
彻夜地不能安枕

于是
在一个焦渴的夜
失眠的夜
我带着激愤的心情
跨上诗的帆船
在无边的云海中穿行

我要驶向欢声沸腾的地方
驶向歌声沸腾的地方
驶向开满了自由之花的

欧洲大陆上
为你们
为我们大家
探寻民主的消息

很幸运
我在苦痛的波兰找到了她
在火中的华沙找到了她
那是她刚从克里米亚漫游归来
正要转道入维也纳的时候

我一把抓住了
这个匆忙的女人
我说
亲爱的　不行
你只顾在欧洲旅行
单忘了我们中国的老百姓

她稍稍有些吃惊
用她聪明的眼睛盯着我
半晌之后　才说
什么
你们中国也需要我吗

我说　不行
亲爱的　别装傻
我们开了无数次的大会
我们发了无数次的宣言
还有那些电报和请帖
难道都是不值钱的吗

她说
是吗　最好问问
你们的邮电检查员
你很信任
你们的电信机关吗

我说　不行
亲爱的　别太无情
我们甚至拜托了
罗斯福和丘吉尔
探问你何日起程

她说　是吗
我刚在雅尔达
在斯大林的宴会上
碰见了这两位老人
但是我们太忙了
我们在谈论欧洲的事情

我说
亲爱的　那可不行
我们的农人没有裤子穿
我们的年轻人饿瘪了肚皮
我们的老年人也泪流满面
天天在期待着你的消息

民主皱了皱眉头
说　是吗
我倒是听说

在你们中国
有好些大人先生
发表演说　证明
民主不合中国的国情

我说　别听他
那是撒谎
是胡说八道
说这话的
为的想欺骗人民

她说
我还听说
在你们中国
有好些大人先生
写了文章　证明
中国老早就有了民主
我不是你们渴望的客人

我说　别听他
那是鬼话
是别有用心
说这话的
都是人民的敌人

她说
我还听说
在你们中国
有好些大人先生
假冒我的名义　发行

民主的支票　而且
以过了期的支票
向纽约的大银行
抵押了美国的黄金

我说　真要命
亲爱的　那是骗子
是拆白党　是恶棍
我们要撕破他的鬼脸
要踢他的屁股
教他滚蛋

于是　民主笑了
露出她年轻的笑涡
以玻璃般明朗的声音对我说
别着急
我的好孩子
我要来的
我马上要到远东去
我要赶到旧金山
参加那个热闹的宴会

不是吗　在那里
我会碰见
你们中国的代表
我要当面问问他们
看你们政府的官员
是否签好了
我的旅行中国的护照

好孩子
我会来的
我的爱
广博如春雨
我的家　在全世界
每一个善良人民的心底

只是
我的中国的孩子啊
是你们的喉咙失了音还是
有谁扼住了你们的脖子
你们说
你们的嗓子已经叫哑了
可是在我听来
你们的民主的呼声
还十分微弱哩

而我
是如此地匆忙
我必须正直而公平
当全世界都向我召唤的时候
我只能
首先赶到那
呼声最迫切
喊声最响亮的地方

回去吧　我的好孩子
为我致意中国的友人
倘使你们渴望我的到来
必须加强你们民主的呼声

当你们的呼声
充满了田野
充满了工厂作坊
充满了前线和
整个大后方的时候
我必应呼声而到来

当呼声压倒了山岳
压倒了黑夜
压倒了半夜三更
荒坟古冢之间的
反民主的狂吠的时候
我必应呼声而到来

回去　好孩子
不要抓住我
我没有工夫聊天
而你
在你的读者和邻人中间
有你自己的岗位

走开
放开我
让开我的路
我要飞奔而去
参加维也纳的欢迎会
从奥大利传来的
爆炸似的呼声
压倒了我的控诉和怨求

民主用她有力的臂膀
又把我推回了
我的堆满了破纸的小屋……

哎　哎
我的亲爱的读者
我的友人
我知道
你们也和我一样
为期待民主的消息
彻夜地不能安枕

现在
你该听懂了吧
你该明白了吧
你该摸到了
民主的怪脾气
你该知道了
为渴望她的到来
该马上动手
做些什么事情

倘使你
光是渴望
光是等待
倘使你像我一样
离开了自己的岗位
到处探问民主的消息
哎　哎
我敢打赌

一定像我一样
你会碰钉子的
你会倒霉的
你会倒霉
你会碰钉子的也
哎　哎

一九四五年四月　昆明

给新中国①
——欢迎新中国剧团和她的招牌②

我说，
新中国，
你来了吗？
哎呀呀！
等得我好苦啊！

我们——
中国老百姓，
这些年，
吃苦，受难，
咬着牙齿过日子，
为的什么？
就为的迎接你
新中国的出现！
这回，你可来了！
啊！你竟然
化身为一个剧团！

---

① 本篇作于1945年5月昆明。曾收入《五月花》《光未然歌诗选》《光未然诗存》和《张光年文集》（第一卷）。

② 日寇犯桂黔，蒋军大溃败，新中国剧团撤退到昆明。1945年5月19日晚写此诗以美之。翌日在欢迎大会上朗诵。——作者原注。

也好也好，
这并不稀奇；
我们正等着看你
新中国的戏。

对于那些
旧中国的
老戏法，
我们早就看穿了：
出将入相，
全是些奸诈的脸。
那些白眼窝，
　　尖嗓子，
唱工和做工，
　　不一致！
还天天宣传，
说明天就有
新戏开演了！
等你买了票，
还是那一套，
——"十八扯"！

哎，新中国，
瞧你的了！
决不许那些坏东西，
站在破落的舞台上，
摇摇摆摆地
做一些滑稽戏！
年轻轻的，
也犯不着

穿着蟒袍玉带,
用古人的腔调说话;
多别扭啊,而且
没出息①!

最好是
演活人的戏,
演群众的
集体的戏;
在这些戏里,
老百姓是主角,
不替反动的英雄
摇旗呐喊和
跑龙套。

哎,新中国,
瞧你的了!
你刚刚
爬过荒山峻岭,
冲过敌人的炮火;
忍受着寒冷恐怖,
饥饿和焦渴;
曾亲眼看到,
黑压压的
难民的队伍,
被侮辱,被虐杀;
我知道,

---

① 当时昆明某剧团刚演了《清宫外史》之类的古装话剧,这里顺便刺它一刺。——作者原注。

你一定不肯
卖弄点小聪明，
插科打诨，
来几句俏皮话，
教我们大家
一阵肉麻，
打一声哈哈①。

而且我知道，
你们本身，
和我们一样，
还是些难民。
张罗点军米，
饥一顿，饱一顿，
饿着肚子排戏。
辛苦了，我的同志，
新中国的道路，
本来是艰苦的。

但我还羡慕
你们
新中国的生活；
年轻人在一起，
日日夜夜
紧张地工作，
——真痛快！
领袖不独裁。

---

① 这里讽刺的是那些避开了现实主题，专以插科打诨为能事的所谓喜剧。——作者原注。

有了困难，
开一个会，
大家来解决。
在新中国，
有言论自由；
在新中国，
有真民主；
新中国的人，
大家一条心；
每一个公民
都是新中国的主人。
所以呀，
在这个意义上，
一个剧团，
象征了
一个民族的希望！

哎，我说，
我的新中国，
好好干啊！
虽然你还不过是
一个剧团，
可是看看吧，
在你的身上，
集中了多少
热望的眼！
好好干！
一定要使
你的民族
强大，

你的人民
自由而幸福！
而我，以后
也情愿像今天这样，
当你在群众队伍里
大展身手的时候，
我愿用我的诗，
为你敲起边鼓！

难道，我不配吗？
凭着我二十年的受苦，
像一个演员，
到处接纳
你的观众的召唤；
像一个亡命者，
昼伏夜行
穿过你万里的疆土；
都是为了你啊，
我的新中国！
所以我
早就该是
你们中间的一个！
早就想死了你啊，
我的亲爱的！
我的新中国！

一九四五年五月写于昆明北门街

市 侩 颂①

最好
吃得饱饱的；
少管点事情；
少用点脑筋。

报纸，
不可不看；
也算一种消遣。
——今天有什么
惊人消息吗？
唉，还是琉球岛！
还是旧金山会议！
没有什么了不起！

最好
让谣言满天飞；
说拿破仑复活；
说希特勒
发明了新武器；
说火星上的人类
要征服地球；

---

① 本篇作于 1945 年 6 月昆明，发表于 1945 年《民主周刊》（昆明）第 2 卷第 3 期。曾收入《五月花》《光未然歌诗选》《光未然诗存》和《张光年文集》（第一卷）。

说第三次世界大战，
全世界进攻苏联，
不可免！

戈林被捕了，
希姆莱被捕了，
里宾特洛甫被捕了。
他们事先约好，
每人身上
带着一瓶毒药。

——可怜啦可怜啦，
一代英雄的下场！
可怜啦可怜啦，
已经无条件投降了，
还要受审判啦！

——意大利的游击队，
太残忍！
把墨索里尼吊起来，
还有他的太太！
何必呢？太过分，
对付一个女人！

——到底是文明国家
有礼貌。
美国兵奉命
去捉拿戈林，
还懂得碰靴脱帽
向他问好。

市 侩 颂

听说赫斯在伦敦
吃得很饱;
人家要给他
伯爵的封号了。
算你斯大林厉害吧,
每一个纳粹头子,
都朝西线跑!

——还是希特勒
见识高,
或许是自杀了;
多半是早逃掉。
会不会
卷土重来呢?
你看吧:
总有一天,
会再来一次
滑铁卢之战!

——战争啊!
战争啊!
人类自相残杀,
直到何时啊!

——我们的战争
真笑话!
别人已经结束了,
我们还在打!
打吧打吧,
物价越打越高!

事情越打越糟！
政治不上轨道！

——想想看：
抗战以前，
物美价又廉；
今天，
法币不值钱，
猪肉吃不起了，
香烟抽不起了，
馆子里吃顿饭，
动不动就上万！

——最好，
美国快登陆；
俄国快出兵；
日本老百姓
快革命！

——民主运动
我当然赞成；
可是空喊乱叫
那哪儿成？
中国人，
生成的奴隶性！
教育不普及；
民主吗？
哪儿那么容易！

——共产主义，

市 侩 颂

我的是你的；
你的不是我的！
说什么各尽所能，
各取所需，
个性受妨碍呀，
养成了懒脾气！
你放心吧，
他们不会成功的！
你瞧着吧，
最后还是咱们对！

——莫谈政治，
谈起了就生气！
可是生气有什么用？
事情总会好起来的。
让傻子们胡闹去；
咱们也别反对。
天晓得，
他们也许
会有点出息。

——莫谈国事，
谈起来伤脑筋！
人生在世，
何必太认真？
一切都是假的呀，
吃饭最要紧！

…………
…………

啊!
伟大的市侩主义
万岁万万岁!
聪明的市侩主义
万岁万万岁!
让世界毁灭吧,
让市侩永远胜利!
万岁万万岁啊,
我的上帝!

[附记] 一九四五年六月十八日——高尔基逝世纪念日写于昆明,当晚在纪念大会上朗诵。高尔基曾嘲笑过小市民层的浅薄的市侩主义,写过《市侩颂》。我企图把市侩主义在战时中国某些高级知识分子层的变形与发展记录下来,算是反映一时一地的社会风习,并以表示对伟大哲人的纪念。

我　嘲　笑[①]

我嘲笑
堂·吉诃德
竟敢
向风车挑战。
他声言
要扭转
这时代的巨轮，
连同它的
自由的翅膀和
民主的风帆。
他鞭打
他的瘦骨嶙嶙的战马，
挥动着他的长矛，
冲上去，
刚刚交手，
还不到一个回合，
唉，真可怜！
这位反民主的英雄
连人带马
滚落在地面！
他的破旧的盔甲

[①] 本篇作于1945年9月，发表于1946年《民主周刊》（北平）第3期。曾收入《五月花》《光未然歌诗选》《光未然诗存》和《张光年文集》（第一卷）。

跌烂了！
他的丈二戈矛
被折成两段！
就这样结束了
这位游侠骑士的
伟大的冒险！
哈哈哈哈哈哈哈哈！
哈哈！
伟大的冒险！

我嘲笑
阿Q
全副武装，
胸前挂满了勋章。
他得意洋洋，
整天
向小尼姑挑战，
向小D挑战。
冷不防，
被人抓住了小辫，
劈头给他一拳。
他缩紧脖子，
闭住眼；
说这是
儿子打老子，
说这触犯了
"领袖"的尊严！
可又冷不防
碰到假洋鬼子的哭丧棒，
啊，真漂亮！
他"一面交涉，

一面抵抗";
说"和平没有绝望,
决不放弃和平;
牺牲未到最后关头,
决不轻言牺牲";
说一定要
"先安内而后攘外";
说至少这两大武功
要同时进行!
可是那假洋鬼子不赏脸,
嘴里骂着"八格牙鲁",
提起哭丧棒,
向他追赶。
眼看和平绝望了,
他宣言"焦土抗战";
一面却抱着辫子,
拖着鼻涕向后转!
哈哈哈哈哈哈哈!
哈哈!
拖着鼻涕向后转!
我嘲笑
阿 Q 和他的
流亡政府!
嘲笑他装模作样
在他的集中营里
实行"民主"!
嘲笑他的
精神胜利和他的
等待主义;
嘲笑他从赵太爷那里
学会了满口仁义!

有办法!
他会用封条
封住别人的嘴!
真有办法!
他舒舒服服地
坐在防空洞里,
说:"最后的胜利是我们的!"
他发布命令,
教大家睡瞌睡;
他自己一心兴意地
等待胜利;
等待敌人撤退;
等待四方的贵人,
助他一臂之力!
要是老百姓
起来打游击,
收复失地,
那就是违犯了
他的"军令军纪"!
哈哈哈哈哈哈哈!
哈哈!
"军令军纪"!

我嘲笑
光未然我自己!
因为我的嘲笑
太无力!
因为我写了一首一首的
讽刺诗,
完全是白费!
因为那堂·吉诃德和阿Q,

我 嘲 笑

他那荒唐的言论，
他那荒唐的行为，
本身就是
绝妙的讽刺诗！
他天天吹牛皮，
文不对题；
天天噼噼啪啪地
打自己的嘴巴；
天天嘻嘻哈哈地
嘲笑他自己！
算了吧，
不必读我的诗！
算了吧，
不必听我朗诵！
要是你想寻开心，
打哈哈，
只要看看他那
瘦骨嶙嶙的战马，
他那一身破盔甲，
他那小辫儿，鼻涕，
他那一本正经的鬼神气，
哈哈！包管教你
笑破了肚皮！
哈哈哈哈哈哈哈！
哈哈哈哈哈哈哈哈哈！
哈哈哈！
笑破了肚皮！

写于一九四五年九月三日下午
当晚在联大诗歌晚会朗诵

为胜利、团结与民主而歌[1]

敌人已经无条件投降。
蒋主席、毛先生正在会商。
人民的呼声越来越响亮。
我们为胜利、团结与民主而歌唱,
好朋友,谁说不应当?

八年来老百姓受尽了灾殃:
前线的牺牲,后方的流亡……
我们付出了惨重的代价,我们要求
一个新中国和平、自由而富强,
好朋友,谁说不应当?

抗战胜利了,我们很高兴;
可是一面高兴一面又担心。
我们老百姓最怕打内战!
让我们喘口气吧,我们需要和平!
好朋友,谁说不赞成?

政府今天可该做点好事情;
何必使"你的"人民太伤心?
老百姓要大声疾呼地反对内战,

---

[1] 本篇作于 1945 年 9 月,发表于 1945 年《民主周刊》(昆明)第 2 卷第 9 期。曾收入《光未然歌诗选》《光未然诗存》和《张光年文集》(第一卷)。

不许那独裁者一意孤行!
好朋友,谁说不赞成?

我们不忍看到中国再分裂。
建设新中国仍然需要大团结。
赶快召开一个党派会议呀,
心平气和地商量出一个办法来!
好朋友,谁说不应该?

民主的潮流征服全世界。
封建独裁一定会倒台。
只有联合政府才能救中国。
让我们大声地把联合政府喊出来!
好朋友,谁说不应该?

我们要自由地说话自由地呼吸;
自由地开会和游行示威;
自由地思想啊自由地学习;
在自由的中国自由地走来走去。
好朋友,谁说不愿意?

因为现在抗战胜利了,
而胜利是人民的鲜血换来的。
如今帝王的时代已经过去了,
老百姓赶快自己起来救自己!
好朋友,谁说不愿意?

一九四五年九月写于昆明
在一个群众大会上朗诵

国民大会[①]

"国民大会"是统治者伪装民主的把戏，它已经变成举国厌闻的不祥的名字了。去年夏天，重庆有几次盛会，像煞有介事地讨论"还政于民"，不管这场把戏如何开始和下台的问题。但是在全国人民一致反对之下，玩把戏的人也弄得惊慌失措。六全大会把这个难题推给六中全会，六中全会推给中常会，中常会又把它推给参政会，参政会也怕引起全国的唾骂，又把这只破皮球踢给政府了。一场滑稽，腾笑中外，乃写此诗以嘲笑之。曾在西南联大的诗歌晚会上朗诵过，到今天此刻才得到发表的机会。（一九四六年一月二十五日，补记于北平。）

这是一只破皮球
这不是国民大会
这不是讨论还政于民
这是玩弄一场滑稽戏
这不是玩滑稽
这是踢足球
那边把它踢过来
这边把它踢过去

这不是六全大会和参政会
这是一个足球场
这不是将军元老和参政员

[①] 本篇作于1945年8月3日，曾在西南联大诗歌晚会上朗诵，后发表于1946年《民主周刊》（北平）第2期，署名光未然。未曾收入自编作品集和文集。

这是些足球健将
这是当年的球场英雄
如今太老又太胖
用尽了吃奶的力气
要把这球踢出去
可是踢来踢去
踢不到目的地

因为这不是足球
这是一双破皮鞋
这是破皮鞋里
装这些破铜烂铁
这是些破铜烂铁啊
又叫做猪仔议员
这是十年前囤积的猪仔
这花了大本钱
这是道地的破铜烂铁啊
这不是欺骗

唉！这不是足球健将
这是些可怜虫
这不是好玩的啊
这个球太沉重
这简直是开玩笑么
这哪儿是踢足球
使尽了吃奶的力气
踢得头破血流
看这些高贵的英雄们
在球场上栽跟头

因为这不是足球健将
这是些将军元老和参政员
这不是讨论还政于民
这是一个大欺骗
这不是开玩笑啊
这是在制造内战
这不是足球或破皮鞋
这是炸弹

你懂吗我的朋友
这不是国民大会
这是一颗炸弹
这是炸弹啊
在你的身边团团转
你没有本事踢开它
转眼自己就完蛋
快丢下它,而且
滚开吧!我的朋友
这把戏对你太危险

一九四五年八月三日

❋一九五〇年❋

为麦克阿瑟竞选①

莫斯科刚开过了和平大会,
和平的灯塔上红光闪闪。
苏联人民向全世界提出建议:
要编选一份战争贩子的名单。

这真是再好没有的建议,
让战犯的名字遗臭万年。
赞成!赞成!我们鼓掌欢呼!
我们要参加这历史性的大选!

北京人民举行盛大的集会,
欢送自己的和平代表团;
送他们去参加这庄严的选举,
和各国的代表们交换意见。

郭沫若手握着五万万张选票,
主张把麦克阿瑟列为战犯;
因为他是屠杀朝鲜人的凶手,
中国人民首先要为他竞选。

---

① 本篇发表于1950年《文艺报》第2卷第3期。曾收入诗集《五月花》和《张光年文集》(第一卷)。

按照民主的方式选举战犯，
麦克阿瑟你真正露脸！
想当年杜鲁门贿选总统，
那一笔糊涂账经不得检点。

杜勒斯、丘吉尔、布莱特雷，
罪恶的名字一时说不完……
和平的敌人们请不要着急，
你们将按次序被排入名单。

和平拥护者们赶快提名，
工农兵群众和男女青年，
我们为和平付出惨重的代价，
决不能放弃这神圣的选举权。

谁胆敢破坏我们的和平生产，
谁胆敢叫嚣第三次世界大战，
我们五万万和平签名的手，
把他的纸老虎彻底戳穿！

要举行全世界的群众大会，
祝贺战争贩子公平地当选；
把他们高高举起来抛入云端，
叫他一个个跌下来碎尸万段！

这是公平的民主的投票，
不容许被选人躲躲闪闪！
最后审判的日子就要来到，
哪怕他躲藏到天涯海边！

一九五〇年十月三十一日

一九五二年

官僚主义害死人[①]

官僚主义害死人！
昏头昏脑他瞎了眼睛。
贪污浪费他不过问，
群众的意见他不听。
官僚主义老爷真辛苦，
他日夜开会批公文！
嘿！你辛辛苦苦忙些什么？
——这么一问他傻了眼睛！
还有一种官僚主义，
饱食终日他不用心；
资产阶级的迷魂阵，
迷了他的心窍迷了脑筋。
哎！老爷在楼上睡大觉，
老虎在楼下扎了营！
三反运动雷厉风行，
冲到楼上大喝一声：
嘿！你官僚主义老爷还不觉醒，
试问你何以对党对人民？

1952年写于北京

[①] 本篇写于1952年。未曾收入自编作品集和文集。这里据作者手稿录入。

❋一九五四年❋

热情的打字员[1]

车停在南俄边境的一个小站，
高加索的群山已隐退到天边。
月台上人们带着惊讶的笑脸，
发现了中国人民的代表团。
"好啊！""同志们好啊！"
大家围拢来亲切地交谈。
老太太总是关心年轻的儿女，
问我们"在苏联过得惯不惯？"
小朋友胀红了脖子尖声地喊：
"请你问候中国的少先队员！"
青年们一面问话一面看着表，
怕错过了这五分钟宝贵的时间。

我看见一位胖胖的中年妇女，
胀红着兴奋的孩子般的笑脸。
她在人群后面踮起脚来探望，
几次刚开了口又被别人打断。
一位退伍军官让开了道路，
她侧着身子挤到我的面前。
这是一位淳朴的俄罗斯妇女，

---

[1] 本篇作于1954年5月。曾收入诗集《五月花》《光未然歌诗选》《光未然诗存》和《张光年文集》（第一卷）。

翘翘的鼻子，红红的圆脸，
头上是匀称的亚麻色的短发，
身上穿一件宽大的黑色长衫。
她说："我从小生长在巴库，
在此地工厂里做一名打字员。
我知道你们今天要从巴库来，
我在这车站上等了大半天。
你们这几天在巴库做些什么，
我每天从无线电里都听见。
告诉我，亲爱的中国同志，
你们说，巴库好玩不好玩？"

我说："巴库把我们迷住了，
巴库把我们心里烧得多么暖！
巴库的石油工人是英雄好汉，
你看他把大海变成了油田！
那一天我们到海边去参观，
钢塔啊像森林般插上青天。
里海的水那么平静那么蓝，
谁知道海底是一片大油田？"
她说："巴库的工人真不错，
毛泽东看见了一定会称赞；
巴库人心里都有一个毛泽东，
都把中国天天想啊天天盼！
你们走了可别忘了再来啊，
别让巴库的兄弟姐妹老挂念！"

车要开了，我郑重地向她道谢，
又和众人匆匆握手道"再见！"
我胸中像有什么东西堵塞着，

感激的泪水润湿了我的眼；
就像小时候离开自己的家乡，
又像久别的亲人顷刻又分散！
我凝望着车窗外绿色的草原，
她的每一句话在我耳边回旋。

啊！我又看见了这热情的打字员！
又看到她圆圆的孩子般的笑脸！
难道是她刚刚搭车赶上了我们？
或者她变成了我们同车的旅伴？
乘务员带她找到我的车厢来，
她双手捧着一本高尔基的《童年》。
她翻开这书的扉页指给我看，
秀丽的笔迹写着诚挚的语言：
"这是一个普通苏联妇女的敬意，
请当它是苏中友好永远的纪念。"
我收下书，紧握住她的手，
把毛泽东纪念章别在她的胸前。
她笑了，眼泪扑嗒扑嗒地从笑脸上
一直流到金色的纪念章的上面！

我们在苏联度过的每一天，
都陶醉在友谊和爱情中间。
尽管是一面不相识的人们，
告别时也哭得像泪人儿一般。
我们沐浴在国际主义的大海，
动人的事儿说也说不完。
但我仍然怀着永远的尊敬，
永远记得那位热情的打字员。

一九五四年五月十三日巴库——罗斯托夫道上

谒　　陵[①]

在这宁静的弧光灯下，
并排地躺着两大巨人。
无产阶级的光荣旗手，
敬爱的列宁和斯大林。

全世界在他胸中沸腾，
生前几时有片刻安宁；
如今长眠在弧光灯下，
把沉重的担子交给后人。

但他们何曾睡得安稳，
听，心在跳血在奔腾！
仿佛随时会一跃而起，
带领我们投入新的斗争。

你在敌人面前是否坚定？
可曾忘了创业的艰辛？
每一个来红场谒陵的人，
都必须回答这一场拷问。

1954 年 5 月于莫斯科

[①] 本篇作于 1954 年访问苏联期间，报刊未发表。未曾收入自编作品集和文集。这里据作者手稿整理录入。

❋一九五五年❋

我的发言[1]
——写给青年的医务工作者们

同志们！
虽然我此刻
还躺在病房，
但我仿佛觉得
我已经来到
你们的会场。
护士同志扶着我，
走到讲坛上，
一片掌声，
引起我一阵惊慌。

站在你们面前，
站在你们
人民健康的保卫者们面前，
我将说些什么呢？

生命是宝贵的。
健康地活着，
是幸福的。

---

[1] 本篇作于1955年12月。曾收入诗集《五月花》《光未然歌诗选》《光未然诗存》和《张光文集》（第一卷）。

可是——
历史过去了几千年,
人命多么不值钱!
整个制度在杀人,
过日子好比过刀山!
那时候,
多少聪明人,
用宗教和哲学
证明:
生不如死。
他们断言:
只有停止生命的一天,
才算走进幸福的乐园。
那时候,
多少有才能的人
(其中也有著名的医生)
用毒药、
用手枪或剃刀
结束了自己
健康的生命!
整个制度在杀人;
却有些油头粉面的阔少爷,
唱出了"卫生救国"的女高音!
怪腔怪调,
没人听!

只有到了
新社会,
到了人民当家的新时代,
人的价值才

突然地
百倍地
高涨起来。
生命和健康，
变成了
无价之宝。
社会主义，
这就是
对人的关怀。
人，
突然发现自己
一天天
高大起来，
年轻起来，
漂亮起来！
老年人也觉得
越活越有滋味，
到处打听
长生不老的秘诀。
当一个新的生命，
刚刚在母胎里成长，
立刻受到
法律的保障。
大夫和护士
殷勤地嘱咐
那年轻的母亲说：
不要害羞；
不要怕；
要保持心情愉快。
再过几个月，

我的发言——写给青年的医务工作者们

我们来迎接这位
建设社会主义的新人才。

我们决不等待
死后才进天堂。
每一双
健康的手,
每一个
健康的头脑,
正在发挥出
改造世界的力量。
就当这时候,
我躺在病床上,
我听见
田野在怒吼。
山河在震荡,
社会主义的高潮,
敲打着病房的门窗。
我的眼
长了翅膀,
我的心
也飞出胸膛,
它们穿过砖墙,
穿过楼房,
飞进奔腾的巨浪,
加入了
社会主义的大合唱。

我也要歌唱我们的
社会主义的医院。

病房里，
天蓝色的墙壁；
雪白的窗帘。
空气
和平而宁静；
地上
找不出一粒灰尘。
要知道，
我们的病房，
是一个和睦的家庭。
谁今天多吃了一碗饭，
谁的体重长了一公斤，
我们大家
都为他高兴。
我们的大夫
是病人的朋友和教师；
用全部的耐心，
搜索你身上暗藏的敌人；
用温暖的友谊，
鼓舞你战胜疾病的信心。
我赞美
我们的医院
出现了
新型的医生，
当他含笑站在你的面前，
你的病痛
立刻减轻了三分。
护士们——
我们病房的
雪白的花朵，

一个个，
愉快而年轻。
从她们年轻的心胸里，
散发出
永不枯竭的同志爱，
和对于战友的
深厚的同情。
她们轻捷的脚步，
昼夜不停地
在每个病房穿行。
为帮助伤病员
解除痛苦，
帮助人们
健康地生活，
献出自己
美好的青春。
每当傍晚时候，
病人们在一起
愉快地谈心，
病房里发出
轻盈的笑语声，
我们赞美
我们自己的医院，
赞美我们
勤劳的护士和工友们。
从她们身上，
看出了我们
共青团的工作；
看出了
党的光辉

照耀到我们这个
和睦的家庭。
我们说：
我们不像住在医院；
像是住在
海滨的休养所；
只是大夫不让我们
到大海里去游泳。

亲爱的同志们，
我深深知道，
在我的祖国，
有很多
这样的人：
他们和
劳动，
结成了
如胶似漆的爱情，
一天不工作，
这一天就坐卧不宁。
偏偏那
吃人的细菌，
成群结队
龇牙咧嘴地
在他的血管里飞奔。
病痛，隐隐地
撕咬着他的心。
他的身上，还带着
早年战场上
留下的伤痕。

可是，
对劳动的崇高的爱情，
使他精力旺盛。
他确信自己
永远是健康的人。
有的同志累病了，
他劝人安心休养：
"不要紧，
你的工作，
由我来担承。"
他从来不知道疲倦。
虽然
有时他偷偷揩掉
额上的冷汗，
马上又带着笑脸，
和同志们
展开了
劳动的挑战。
直到有一天，
高热使他昏眩，
他被迫放下工作，
不情不愿地
来到了
你们的医院。
虽然病房是安静的，
他的心却又慌又乱。
大夫来看他，
他开口就问：
几天可以出院？
大夫细心地诊视他，

护士日夜地护理他，
他的心总感到不安。
早上，
太阳轻叩着窗帘，
向他问好。
护士同志
替他量过温度表，
又像照顾小孩一般，
轻轻地
给他擦脸。
他的眼睛是润湿的！
他正在想：
党和政府
对我的照顾，
是不是过分了……

亲爱的同志们！
你是否感觉到
你每天每刻
都会碰到
这样的病人？
当你在这个病大身上，
用尽你的全心；
当你迎接他
满面愁容而来；
当你欢送他
满面红光而去；
当你看到他
用矫健的脚步
重新投进

火热的斗争；
当你想到他
用旺盛的精力
重新创造
劳动的功勋；
亲爱的同志们，
你难道不觉得
每时每刻
你和祖国建设的各条战线
联系得多么紧！
亲爱的同志们，
你是否看见
你的病人，有不少是
这样的人？
你是否感到
你的光荣的担子，
突然加重了几百斤？
要是你
由于骄傲或疏忽，
一时的糊涂，
闹出了
医疗事故！
我的同志啊，
当你听到
英雄的绝望的呻吟，
当你碰到
群众的责问的眼睛，
同志啊，
你说痛心不痛心！
同志们！

加倍地
热爱你的工作!
百倍地
提高警惕吧!
把"医疗事故"——
这毒瘤似的名词,
像对付毒瘤一样,
从你们的医疗记录中
连根拔掉吧!

人们说,
医院里最安静。
可是我知道
就在这和平宁静的所在,
日日夜夜
对疾病和死亡
进行着激烈的战争。
在化验室里,
在透视室里,
坚决搜索
那可恶的杀人犯。
在手术室里,
对隐藏在肉体内部的
腐朽的恶势力,
展开了
敏捷的白刃战。
哪怕是一次的
碘酒消毒,
也要把成万亿的
看不见的敌人,

坚决、彻底地
歼灭干净！
同志们！
对敌人的宽恕，
就是对人民的残忍！
让帝国主义强盗
在他的
贮满细菌和毒气的仓库里
死灭吧！
让法西斯细菌，
资本主义细菌，
封建主义细菌，
在地球上
永远绝迹吧！
我们
一分钟也不忘记
保卫人类健康的
崇高的使命！
青年的医务工作者们！
卫生战线上的
共青团员们！
像国防军战士那样，
坚守你光荣的岗位吧！
像国防军战士那样，
磨练你的武器，
提高你战斗的技术吧！
并且
像国防军战士那样，
用千万条红线
和工农群众的

翻天覆地的斗争
紧紧地结成一体吧!
亲爱的同志们!
我的臂膀
远远地
伸出病房
和你们紧紧地握手!
我大声地
呼唤你们!
感谢你们!
并且
祝福你们!

[附记] 一九五五年十二月间,我在北京中央人民医院住院割治疝气。手术后几天,适逢该院青年医务工作者们集会纪念"一二·九"二十周年,要我为青年大夫和护士们写点什么。我就在病床上写了这个"发言",委托护士关锦华同志在大会上朗诵。

❋一九五六年❋

向前看！大踏步前进！[①]

一

一本书，
抓住了
五亿农民的心。
五个月，
挖掉了
五千年的穷根。
数不尽的
清规戒律的堤坝，
冲垮了！
红光闪闪的
社会主义浪潮，
沸腾着
欢乐的歌声，
迸发出
鞭炮、锣鼓的激情，
从四面八方

[①] 本篇发表于 1956 年《中国青年》第 4 期。后改名为《春风在首都的上空欢呼》。曾收入诗集《五月花》《光未然歌诗选》《光未然诗存》和《张光年文集》（第一卷）。

铺天盖地而来!
惊呆了
小脚女人;
吓慌了,
和平的敌人。

二

向前看!
大踏步前进!
党中央
向五亿农业大军
发出动员令。
四十条
幸福生活的纲领,
一条条
通向文明富强的大门。
毛主席
亲手拟订的
每一句热情的言语,
透过纸面,
发出英雄的呼声;
一字字,
一句句,
金光四射,
照亮了人们的眼睛。
欢迎啊!
从来梦想不到的
黄金时代,
如今离我们这样近!

农民
第一次发现
自己有
战胜天地的本领。
农村
第一次看见
自己的
如花似锦的前程。

三

农民兄弟们！
向前看，
大踏步前进；
丢掉那
昨天的噩梦吧！
农民的苦水倒不完，
农村的灾难说不尽！
不要老想到
那灾荒年——
鬼不像鬼，
人不像人；
一升米，
卖掉了自己的
亲骨肉；
一块钱的债，
送掉了
一家人的命！
那年头，
天上的太阳，

大河的水,
也和地主富农
一鼻孔出气,
单把穷人欺!
啊!
小农经济一条绳,
死死拴住庄稼人!
手脚捆在地头上,
累死累活翻不了身!
啊!
小农经济一口井,
井里看不见满天星,
坐井呼天天不应,
谁能救我出穷坑!
啊!
小农经济一张席,
遮不了风来蔽不了雨,
一年干旱二年涝,
卖了田地卖儿女!
啊!
小农经济一河水,
河里大鱼吃小鱼;
鱼虾哪有出头日?
河水流的是穷人的泪!
啊!啊!
农民的苦水倒不完,
农村的灾难说不尽!
还是向前看,
丢掉那
昨天的噩梦吧!

向前看，
重读一遍
今后十二年
战斗的纲领，
忍不住
摩拳擦掌，
浑身都是劲！

四

春风
在首都的上空欢呼，
摆弄着她的
轻狂的腰肢，
在空中飞舞。
她的多情的舞袖，
急不可耐地
拍打着人家的窗户；
要把她一路上看到的——
乡村的秧歌锣鼓，
怎样地彻夜不休；
农民怎样结队成群
走上共同富裕的道路；
要把这一切新鲜事儿
说给首都的家家户户。
春风啊，
扯起长声儿歌唱吧！
不要老是夸耀你的
迟到的消息。
拜托你：

把首都人民的敬礼，
把工人阶级和
劳动知识分子的敬礼，
连同我的
沙哑的诗句，
带到四面八方，
带给勤劳勇敢的
农民兄弟吧！
春风
一阵轻狂，
卷起了满街
红色的喜幛，
无数的
金黄色的"囍"字，
迎风飘动，
在太阳下面，
发出万道金光。
社会主义的
最强的火焰，
把首都的上空
烧红了！
春风啊，
扯起长声儿歌唱吧！
红色的农村
拥抱着
红色的城市；
城市
每天面对农村
述说着
永恒的爱情。

春风啊,
扯起长声儿歌唱吧!
把你在首都看到的一切,
说给每一个
农业合作社社员,
说给乡村的
共产党员和共青团员,
说给那
事事带头
人人争先的
农村青年突击队员吧!
告诉他们:
工人阶级
正在和时间赛跑;
告诉他们:
每一座车床,
每一个烟囱,
都在支援农民的斗争。
告诉农民们:
知识分子的队伍也
加紧地行动起来了,
一定要把
科学和艺术的
优良品种,
传播给
渴求文化的青年农民。
春风啊,
在祖国的天南地北,
扯起长声儿歌唱吧!
教树枝赶快发绿,

教河流赶快解冻,
教田野赶快苏醒!
五亿农民
已经排好队伍,
正在向大地进军,
向荒山、河流进军!
大地,
在旧社会
从来是十分悭吝;
它已经沉睡了几千年,
此刻
才张开眼睛。
一定要向大地
索取
十倍的收成!
教荒山长出
米粮、花果和
黑压压的森林!
再不准河流张开大口
吞吃我们的庄稼,
要教它负责喂饱
我们每一片田地;
教它那
无事奔忙的手脚,
川流不息地
替我们推动机器,
发出电力;
教它全心全意地
为农民服务,
来补偿它的

数说不清的罪过吧!
农民们!
施展出你们
全身的本领,
向大地进军!
向荒山、河流进军!
用堆积如山的
粮食、棉花、肉类和
一切珍贵的农产品,
无限地
加强我们的
社会主义祖国吧!
春风啊!
放开你的喉咙,
扯起长声儿歌唱吧!
英雄的人民,
正在迈开大步,
决心一口气
走完十二年
光辉的路程。
六万万人
一齐动手,
用钢铁、
粮食和
高度的文化,
把东方的
和平巨人,
从头到脚地
武装起来!
让钢筋铁骨的巨人,

用他的
格格发响的巨掌，
把帝国主义的
挥动原子弹的魔手
掐得更紧更紧！
让五大洲的
劳动人民，
挽着臂膀前进。
让全世界看见
他们高耸入云的前额！
让全世界听见他们
一步一个雷声！

        一九五六年二月六日　北京

❋一九五八年❋

高声欢呼伊拉克[①]

伊拉克啊伊拉克,
伊拉克高唱英雄歌。
伊拉克啊伊拉克,
伊拉克高唱自由歌。
想起昨天的伊拉克,
巴格达条约一把锁。
想起今天的伊拉克,
艾森豪威尔打哆嗦。
东风强来西风弱,
铁锁锁不住伊拉克!
太阳起来月亮落,
一夜换了个新的伊拉克!
早上举行座谈会,
我们谈的是伊拉克。
晚上打开收音机,
我们听的是伊拉克。
昨天参加大游行,
我们欢呼光荣的伊拉克!
今天递了抗议书,

[①] 本篇发表于1958年《诗刊》第7期"支持阿拉伯各国民族独立运动增刊"。未曾收入自编作品集和文集。

我们不准敌人侵犯伊拉克!
帝国主义奈我何?
胜利一定属于伊拉克!
打起鼓来敲起锣,
我们高声欢呼伊拉克!

小诗三首（有序）[①]

《文艺报》1958年第5期上有小诗一首，题曰《根》，作者署名北方。原诗如下：

> 春来了
> 人们都来赏花
> 也赞美绿的叶子
> 可是有谁记起
> 根正忙碌于地下

针对这首诗的不健康的内容，我曾以南方、东方的笔名，写小诗四首以驳之。兹录其三：

劣　　根
（与北方之《根》争鸣）

> 春光下，
> 绿叶红花个个夸。
> 气得根儿往外爬！
> 呀！好花自己连根拔！
> 看花的人儿笑掉了牙！

[①] 本篇的三首诗歌都发表于1958年《文艺报》第6期。曾收入诗集《五月花》，其中的《巨根》一首收入《张光年文集》（第一卷）。

优　　根

（北方之《根》以为何如？）

春来了，
绿叶红花人叫好。
根在土里心如绞：
"地下养料知多少！
只怪我这根儿太渺小！"

巨　　根

（北方之《根》听来！）

他一头扎进土壤里，
和大地结成一体。
他伸开千万条触须，
和地球一同呼吸。
燕雀蝴蝶讥笑他，
他一概置之不理。
他牢牢地深入地壳，
吸取无穷的精力。
为了那参天的大树，
他埋头苦干到底。

1958 年 8 月 17 日

寄 北 方[1]

《文艺报》第 5 期上有小诗一首,题曰《根》,作者北方。读了使人很不舒服,写此诗以答之。3,17

　　北方,北方,
　　你的思想不健康!
　　春天里百花齐放,
　　你为何那么忧伤?

　　北方,北方,
　　你的思想太荒唐!
　　你说人们只把花来赏,
　　忘了你根儿在地下忙!

　　北方,北方,
　　你的思想太轻狂!
　　你不愿扎根在土壤,
　　一心要浮在地面上!

　　北方,北方,
　　你的思想太肮脏!
　　你到底有多少冤枉?
　　翻出来见一见阳光!

---

[1] 本篇发表于 1958 年《文艺报》第 6 期,署名东方。未曾收入自编作品集和文集。

怒　　火[1]

炮群刺破长空，
喷出万道彩虹；
神鹰出动，
高歌似雷轰；
队队鱼雷艇，
浪里穿梭如游龙。
大网织成，
残敌何处逃生？
东海最前线，
严惩蒋匪军。

何物杜勒斯，
胆敢来挑衅？
战争讹诈，
管教他连本带利输个尽！
飞蛾扑火。
管教他第七舰队烧成粉！
领海十二浬，
处处都是伤心岭！
白浪滔天，
是侵略者的坟！

---

[1] 本篇曾收入《怒潮澎湃——解放台湾诗集》（百花文艺出版社 1958 年版）。未曾收入自编作品集和文集。

怒 火

乘火箭,
跨卫星,
钢铁棉粮大增产。
敌人吓掉魂。
人民公社好,
六亿工农六亿兵!
一声号命,
铺天盖地动雷霆,
战友遍天下,
同仇敌忾扫妖氛,
斩草除根,
红光照耀日月星。

1958年9月7日

歌红色卫星①
——祝十月革命四十一周年

第三号红色卫星，
在天空日夜飞旋，
它发出响亮的歌声，
祝贺十月革命四十一周年。
五大洲的人们，
一同昂首望长天；
全世界喜在眉尖，
笑在心间；
都因为地上红星，
天上红星，
红光灿烂成一片！
红色卫星你看见，
克里姆林的红星，
今夜打扮得多鲜艳，
它像要跳出云端，
和你比翼同飞结成伴。
你的伟大的祖国，
也在展翅高飞；
惊天动地的十五年计划，
要在七年以内都实现。
一年了，

---

① 本篇发表于1958年《人民文学》第11期，曾收入诗集《五月花》。

歌红色卫星——祝十月革命四十一周年

莫斯科宣言,
用大笔写在云端,
一个字一颗卫星,
一个字一支火箭;
字字照亮人类的心,
字字射破豺狼的胆。
红色卫星你看见;
中国六亿人民,
响应你的召唤,
一同跨上火箭,
把你追来把你赶。
满眼龙飞凤舞,
和平人类尽开颜。
可笑帝国主义者,
他看到天上地下,
彩虹一片,
他心急如火煎。
只见他手忙脚乱,
抛上几枚小弹丸,
哪里去了?
谁也看不见!
芝麻吹成大气球。
嘭的一声化成烟!
还是你啊,
你红色的大卫星,
你社会主义的使者,
你共产主义的眼,
你每天周游五大洲,
把天外的迷宫访个遍。
你每天巡视北美洲,

命令帝国主义休发疯；
你每天巡视太平洋，
警告战争贩子睁开眼。
你那金色的歌喉，
日夜不休地歌唱和平，
歌唱伟大的苏联。
你永不孤单！
我预言：
就在明天，
新的红色卫星，
新的红色火箭，
将飞上万里晴空，
向你高声呼唤。
这新来的红色伙伴，
将要访问月宫，
代表社会主义的人民，
向嫦娥发出请柬。
陡然间，
全世界都能看见，
在月亮身边，
结成一道，
金光闪闪的大花环。

❋一九五九年❋

火箭篇[①]

第一篇

一支红色火箭，
嗖的离开弓弦，
腾空三十八万哩，
划出航程一线。

这是爱情的箭。
这是欢喜的箭。
万古相思一箭穿，
明月何必躲闪？

飞过重重星海，
越过叠叠云山，
人间天上结良缘，
今宵花好月圆。

这是自由的箭。
这是和平的箭。

[①] 本篇作于 1959 年 9—10 月。曾收入诗集《五月花》《光未然歌诗选》《光未然诗存》和《张光年文集》（第一卷）。

解放月界在今天,
月上月下同欢。

耳边一声巨响,
眼前一阵云烟,
试看烟消云散后,
月上红旗招展。

多少神机妙算!
真个智勇双全!
闯出银河第一关,
光荣归于苏联。

刺破鲸吞迷梦;
射穿冷战冰山;
帝国主义最心酸,
夜夜望月兴叹。

指点宇宙空间;
整顿月里江山;
工人阶级要登天,
重建月宫宝殿!

九月十八日

第二篇

一

刚写完月球火箭的诗篇,

稿纸上的墨迹还没有干，
又一支神奇的火箭升天！

我的笔啊快快变成火箭，
快快把九霄的灵光追赶；
迟一步要落后多少光年！

二

从你的苏维埃祖国起程，
开始你美妙的星际旅行。
一个活生生的天体诞生！

天上的华尔兹舞蹈明星！
抱明月绕大地旋转不停。
哪一位舞蹈家有此本领？

只说你通体是铜铁铸成，
全不怕宇宙线宇宙微尘；
何况你生就的绝顶聪明！

你是个年轻的科学巨人，
天文学数理学无所不能；
带一个科学站直奔天庭。

看到的全都是天外奇景！
每日里把你的所见所闻，
一桩桩告诉你祖国母亲。

新人类正在向宇宙进军，
派你这侦察兵探寻路程。

预祝你完成这盖世功勋!

三

今夜晚天空里星月交映,
我一时乘火箭飞上天心;
猛回头倒教我大吃一惊!

我看见地面上两颗红星,
一个是莫斯科一个北京,
照得这宇宙间通体光明。

北京啊仿佛是珠宝嵌成,
满城的夜光珠满眼红云;
天安门正欢呼祖国诞辰。

你看那一阵阵彩焰飞腾,
仿佛是九霄里孔雀开屏;
打扮得这星空如花似锦。

我知道宇宙间广阔无垠,
银河里有多少美妙乾坤,
新人类一个个都要登临。

莫斯科的红星把我指引,
天安门的欢呼把我惊醒:
地球是宇宙间文化中心!

四

苏联啊你就是宇宙火箭,
在历史的太空自由运转,

火箭篇

如今已飞翔了四十二年。

有什么乌云能把你遮掩？
什么宇宙线能把你射穿？
哪一个流星敢把你阻拦？

苏维埃火箭是红光一团，
照亮了无边的历史空间，
新人类的航程从此开端。

第一艘马列主义的飞船，
开辟了通向天国的航线；
十亿人的船队簇拥而前！

新中国的桅杆耸入云汉，
一天的航程等于二十年；
银河里翻起了滚滚波澜。

旧世界是陨星昙花一现；
新人类的火箭如日中天，
永生在星空里亿万光年！

十月五日

❋一九六二年❋

赠古巴女英雄梅耳巴[①]

不必说古巴的糖，
怎么滋润了我的肝肠；
不必说古巴的雪茄，
怎样催人的妙笔生花；
单是"古巴"这个字音，
也充满了壮丽的诗情。
"要古巴，不要美国佬"，
我朝着古巴人民一边倒。

我们在北京机场会见，
我们一同飞渡睦南关，
我们向越南人民致敬，
我们痛斥和平的敌人，
在兄弟之邦结兄弟，
亲人的家里会亲人。
"主人的安排我欢喜，
我同中国在一起"
"越南的酒越南的花，
我借得鲜花献古巴！"

---

① 本篇作于 1962 年 8 月，未发表。未曾收入自编作品集和文集。这里据作者手稿整理录入。

赠古巴女英雄梅耳巴

孩子般的笑脸和笑眼,
看古巴笑得多么甜!
你从空中酣笑到地面,
从哈瓦那酣笑到越南。
要说月华曾被乌云掩,
就在那痛心的十七度线,
遥望南岸的"战略村",
不由得一团怒火上眉尖!
你"七·二六"的女英雄啊,
仿佛又来到蒙卡达的营盘!

今日北京喜重逢,
一身的绿来一脸的红。
朋友们举杯为惜别,
别意更比这酒意浓,
北京的阳光北京的风,
北京人争说女英雄。
"要古巴!要中国,不要美国佬!"
这句话回荡在肝肠肺腑中。
古巴的声音古巴的人,
打动了六亿五千万个心!
路这么远来心这么近,
再见——哈瓦那或北京。

1962年8月9日夜

钢骨铁胆[1]

哪里有火热斗争，
哪里就产生
钢骨铁胆的人。
英雄的古巴弟兄啊，
你第一个砸开了
西半球黑暗的牢门，
教十月革命的火种，
在金元帝国门前
落地生根。
哪里有火热斗争，
哪里就产生
钢骨铁胆的人。
英雄的古巴弟兄啊，
你在刀山火海中，
奋力抵挡住
全世界最凶恶的敌人。
我们的古巴弟兄啊，
将近四年了，
你没有睡过一夜
安稳的觉，
没有吃过一顿

---

[1] 本篇发表于 1962 年 11 月 12 日《人民日报》。曾收入《光未然诗存》和《张光年文集》（第一卷）。

安稳的饭!
风里锻来火里炼,
炼成了
钢骨铁胆的七百万!
我们的古巴弟兄啊,
你捍卫的不只是
一个古巴;
你的正义的剑,
闪光的剑,
捍卫着人类进步事业的
今天和明天。
你捍卫的不只是
古巴的革命;
你捍卫的是
各国人民的自由和安全。
你捍卫的不只是
古巴的主权;
你在惊涛骇浪中间,
捍卫着十月革命的果实,
捍卫着各国人民的尊严!
今天,我看见:
浓云如山,
堵住了加勒比海的天;
狂涛乱翻,
冲打着哈瓦那的堤沿;
一队队花旗兵舰,
巡逻在岛国的
东西南北;
一排排乌黑炮口,
瞄准着古巴的

背后胸前！
敌人的中程导弹，
监视着朋友的中程导弹；
和平的战略武器啊，
正在拆散、打包、装船。
古巴与和平，
遭到了危险：
肯尼迪的战车，
妄想通过慕尼黑的地道，
偷渡九重关！
哪里有火热斗争，
哪里就产生
钢骨铁胆的人。
哈瓦那大喝一声，
喝住那得意扬扬的
美国战车：
不许通行！
向肯尼迪发出请帖？
向侵略者敞开大门？
万万不能！
鼓励侵略者，
这就是鼓励战争！
破坏古巴革命，
这就是破坏和平！
不能走慕尼黑的道路！
不能向侵略战争，
大开方便之门！
在危险、斗争和胜利中，
七百万人是一个人！
古巴是

锁不住、吓不倒
压不服、骗不了的!
古巴的保卫和平的剑,
是扳不弯、折不断
砸不碎、烧不烂的!
我一遍又一遍地读着
菲德尔·卡斯特罗的
电视演说,
我的周身的血液,
随着演说的内在节奏,
一起一落,
如浪如波:
我时而深思,
时而苦笑,
时而怒不可遏;
我时而默读,
时而高声朗诵,
把拳头紧握;
时而哈哈大笑,
时而拍案叫绝,
让泪水润湿了眼窝;
我坐下,
又站起来,
在房中快步如梭;
我要出去,
我要行动,
我要放声高歌!
我来到建国门外,
加入了游行示威的长河。
古巴大使馆门前,

歌声如海啸，
一队队刚过去，
一队队又来了。
"保卫古巴!"
"保卫古巴革命!"
"美国必败!"
"古巴必胜!"
此呼彼应，
此唱彼和，
热情似火烧。
我为英雄的古巴人民，
感到自豪!
我为这样好的
我的同胞，
感到自豪!
我为这样浓、这样热
这样深、这样高
这样纯洁、这样美好的
国际主义友谊，
感到非凡的自豪!
人民在前进，
斗争在进行。
哪里有火热斗争，
哪里就产生
钢骨铁胆的人。
人民在前进，
斗争在进行。
哪里有火热斗争
哪里就产生
顶天立地的人。

人民在前进，
斗争在进行。
哪里有火热斗争，
哪里就产生
光辉灿烂的人。
英雄的古巴弟兄啊，
五大洲人民向你致敬！
坚决同你们在一起
同甘苦、共患难
永远并肩前进的，
有六亿五千万中国人！

1962.11.8

❋一九六四年❋

巴拿马口号[①]

把美国佬的旗子扯下来！
把巴拿马的国旗升上去！
天是巴拿马的天，
地是巴拿马的地，
巴拿马不做美国殖民地！
把运河的主权收回来！
把美国强盗赶出去！
山是巴拿马的山，
水是巴拿马的水，
巴拿马不要美国吸血鬼！
一条铁链捆住巴拿马的腰，
一把钢刀刺进巴掌马的肺。
六十年的仇和恨，
六十年的血和泪，
染红了滚滚长流的运河水。
殖民者在这里传宗接代，
吸血虫在这里生儿育女，
六十年作威作福，
六十年敲骨吸髓，
一代代吸血虫越养越肥。
巴拿马青年人气炸了胸，

---

① 本篇发表于1964年1月18日《人民日报》。曾收入《光未然歌诗选》《光未然诗存》和《张光年文集》（第一卷）。

巴拿马口号

巴拿马老年人擦干了泪，
六十年刀山火海，
六十年前仆后继，
一代代传递着反抗的火炬，
把烈士们的棺材抬起来，
向殖民者的堡垒冲过去！
一滴鲜血一团火，
一人倒下万人起，
百万人民扑向运河区！
把愤怒的铁拳举起来，
把美国佬的威风打下去！
不怕他虎啸狼啼，
不怕他枪林弹雨：
如今是人民解放的新世纪。
把纸老虎的面目戳个穿，
把狼外婆的衣裳撕个碎！
谁是你的"好邻居"？！
谁要你的"和平队"？！
笑里藏刀骗得了谁？！
把亚非拉的战鼓敲起来，
让亚非拉的群山排成队：
东山敲鼓西山应，
这山喊话那山回。
一方有虎四方围！
把全世界的战鼓敲起来，
让全世界的人民排成队：
东方红透西方亮，
一山怒吼万山雷。
看他美国强盗哪里飞！

一九六四年一月十六日

一九六五年

夺取春光用武装[①]
——祝贺越南南方人民过春节

一阵阵、一阵阵
热腾腾的凯歌,
惊天动地
惊天动地地唱。
唱边和,唱平也,
凯歌声里迎春光。

一串串、一串串
火辣辣的爆竹,
欢天喜地
欢天喜地地放。
从北京,过河内,
恭喜贺喜到南方。

一封封、一封封
重甸甸的南方来信,
顶天立地
顶天立地地壮。
战密林,战海浪,

[①] 本篇发表于1965年《人民文学》第2期,曾收入《光未然诗存》和《张光年文集》(第一卷)。

夺取春光用武装——祝贺越南南方人民过春节

翻江倒海灭豺狼。

一队队、一队队
闹嚷嚷的春节锣鼓，
铺天盖地
铺天盖地地响。
渡黄河，渡红河，
鼓声敲到九龙江。

人逢喜事精神爽，
都为越南南方喜事忙。
电台日日传捷报，
各国人民喜欲狂。
夸南方，学南方，
壮人肝胆快人肠。

今逢佳节望南方，
都说越南南方春色长。
再来一个奠边府，
无边春色满南洋！
夸南方，学南方，
夺取春光用武装！

一九六五年一月二十五日　北京

一九七六年

革命人民的盛大节日[①]

欢腾的锣鼓在心头翻滚,
我们踏着战鼓的节奏行进。
喜庆的爆竹在心上开花,
我们顶着爆竹的火花行进。

欢呼全党爱戴的领袖华国锋!
欢呼我们党的事业后继有人!
欢呼以华主席为首的党中央,
挖出了复辟资本主义的大祸根!

红旗成林,彩旗成云。
口号接着口号,歌声连着歌声。
欢乐的人群迎上欢乐的大队,
千百支队伍龙腾虎跃涌向天安门。

欢呼党中央十月七日的决议,
从惊涛骇浪中挽救了革命;
使人想起遵义会议、庐山会议,
踏平了长征路上的又一座险峰!

[①] 本篇发表于 1976 年 11 月 7 日《人民日报》,标题为《人民日报》编者所改。曾收入诗集《惜春时》《光未然歌诗选》《光未然诗存》和《张光年文集》(第一卷)。作者在编集时恢复了原标题《十月大游行抒怀》。这里的内容据初刊。

我们振臂高呼："打倒王洪文！
打倒张春桥！打倒江青！
打倒姚文元！"——此呼彼应，
喊出了胸中积压的心声。

分明是资产阶级的小丑，
拉大旗当虎皮脸上贴金；
是埋藏在党内的四条毒蛇，
横躺在大路上血口害人！

工农兵斩妖的大军出动了，
还有革命的干部和红卫兵，
紧跟着红旗高举的党中央，
筑成反修防修的万里长城。

这是革命人民的盛大节日，
五大洲劳动人民山呼海应。
我国"文化大革命"的冲天凯歌，
也是世界人民的特大喜讯。
马、恩、列、斯俯视着百万人群，
从巨大的画框里把大拇指高伸，
仿佛说：干得好啊，到底是
毛泽东培育的中国党、中国人民！

伟大的领袖和导师毛主席啊，
失去了您，我们哭肿了眼睛！
在那些悲痛欲绝的日子里，
我们心头也涌起一片愁云。

这一个月的日子多么长啊，
人们又是难过，又是担心！
如今党中央实现了您的遗愿，
红太阳又照彻了万里晴空！

鞠躬尽瘁的周恩来总理啊，
您对无产阶级革命事业无限忠诚！
全党全军全国人民深深怀念您，
游行队伍中也呼唤着您的英名！

阶级敌人怕您恨您陷害您，
人民群众对您更爱更尊敬！
猛抬头似听见您洪亮的召唤，
您又在指挥我们高唱《东方红》！

看，天安门前这么多这么多人，
听，轰隆隆千百套锣鼓争鸣。
随它鞭炮的火星落入我的花发，
快跟上我的队伍，小跑一程！

同志们早就殷勤地互相叮咛：
可得要搞好身体，练好腿劲，
单等到"四人帮"覆灭之日，
好参加这样热火朝天的大游行。

感激毛主席，感激"文化大革命"，
我在"五·七"道路上筋骨更新。
长记住同志们热情的帮助，
落队时扶我一把，迷路时大喝一声。

我一定要赶上去，赶上去，
赶上工农兵斩妖降魔的大军。
这一下把病容抛在九霄云外，
在十里长安街上越跑越喊越精神！

我们的党多么光荣伟大！
我们的祖国多么繁荣昌盛！
万花齐放的新人新事新河山，
早就召唤着我，使得我坐卧不宁。

我要重新磨练我的诗笔，
歌颂我们伟大的党，伟大的人民。
且清一清我嘶哑的喉咙，
能响亮地喊几句口号也行！

口号接着口号，歌声连着歌声，
全中国城乡河海热气腾腾。
亿万人民走上街头载歌载舞，
我的歌声溶入亿万人民的歌声中。

这是革命人民的盛大节日，
是反帝反修反复辟的大进军！
天南地北的战鼓惊天动地，
一同敲响了资本主义的丧钟！

惊心动魄的一九七六年①
——献给敬爱的周恩来总理

惊心动魄的一九七六年,
新中国经受了最严峻的考验。
新年中刚撕下了几页日历,
竟撕裂了八亿人民的肝胆!

那一天大清早狂风飞卷,
把家家户户的门窗摇撼,
一霎时半空中布满哀乐,
大悲痛笼罩着红色江山。

全党在哭泣。全中国在哭泣。
人民舍不得自己最贴心的总理!
重病在身的伟大领袖毛主席啊,
怎能够失去他最坚强的右臂!

最难忘同总理遗体告别的时刻,
泪眼对着泪眼,两腿寸步难移。
这医院怎能容下待瞻仰的人群?
小礼堂怎能容下他参天的躯体?

---

① 本篇作于1976年,发表于1977年《人民文学》第1期。曾收入诗集《惜春时》《光未然歌诗选》《光未然诗存》和《张光年文集》(第一卷),内容有较大修改。这里的内容据初刊。

呀！他此刻竟变得这样憔悴！
枯瘦的脸上突现出英武的浓眉！
为共产主义他献出了毕生心血，
直到通红血管里的最后一滴！

也难忘人民大会堂的追悼大会，
五千人低头啜泣也放声悲啼。
我们在悲痛中要保持头脑清醒，
须知那暗藏的敌人已露出杀机。

我也曾月夜里来到天安门广场，
群众在这里设下最庄严的灵堂。
悲痛的人群排成肃穆的长队，
等候着把精心赶制的花圈献上。

广场上是雪白的花圈的海洋。
纪念碑已堆成雪白的山岗。
青年男女用胸前雪白的小花，
一时盖满了四季常青的松墙。

工农群众痛悼血肉相连的亲人。
三军战士痛悼同甘共苦的首长。
老干部带来全家老幼边哭边讲，
把灵堂当做共产主义的课堂。

宣读了一篇篇和泪的悼词，
朗诵了一首首带血的诗章。
人民用血泪保卫自己的总理，
决不许妖魔鬼怪造谣中伤！

啊！那天下午跟总理最后告别，
百万人自动集合在马路南北，
从天安门到八宝山人山人海，
在寒风中守候着灵车缓缓开来。

别了，我们敬爱的总理！别了，
伟大的无产阶级革命家周恩来！
黑压压的人群一齐失声痛哭，
多少人直到深夜还不愿离开。

不要说伟大的生命化为尘埃，
他永生在祖国的江河湖海！
他每个细胞都是不灭的星火，
守护着继续革命的世世代代！

我们也舍不得敬爱的朱总司令，
他把毕生的精力献给全党全军。
这高龄老人挥起怒腾腾的手杖，
痛斥那兴妖作怪的四条瘟神。

对同志对战友他是多么慈祥！
对阶级敌人他又是何等严峻！
老英雄刚在总理灵前俯身痛哭，
我们又俯身痛悼老英雄的忠魂！

大悲痛接着是更大的悲痛，
大考验接着是更大的考验。
我无法描述八亿人民的灾难，
就在那天塌地陷的九月间。

我们怎能失去伟大领袖毛主席,
我们一切光荣和幸福的来源!
我们怎能失去伟大导师毛主席,
正当前进的道路上浓雾遮天!

我们渡过了多少急流险滩,
这一回可真叫人胆战心寒。
我们中国人民从来不爱流泪,
这一年把几代人的眼泪流干。

悲痛的泪水洒遍祖国大地,
点点滴滴都是复仇的火焰,
单等华国锋主席一声号令,
都变成怒涛滚滚怒火燎原。

欢呼啊!十月风暴雷鸣电闪,
暴风雨重新洗刷了万里河山。
人民赢得了又一次十月革命,
社会主义新中国转危为安。

太空中红色电讯捷报频传,
全世界革命人民化悲为欢。
同是反帝反修的亲密战友啊,
我们的喜怒哀乐息息相关。

坑害党坑害人民的"四人帮",
到底逃不脱党和人民的审判!
破坏"文化大革命"的罪魁祸首,
怎能抵挡大革命的怒火狂澜!

他们散布了多少妖风毒雾,
他们制造了多少"千古奇冤"!
专挑动工农群众"同室操戈",
不许唱"枪口对外齐步向前"!

他们迫害毛主席迫害周总理,
暗地里向总理射出千百支毒箭。
那数不尽说不完的滔天罪行,
一桩桩一件件都要彻底清算!

伟大的斗争考验了伟大的党。
英雄的人民造就出人民的英雄。
无产阶级感到光荣与自豪啊,
我们又有了自己的领袖华国锋!

他高举毛泽东思想的光明火炬,
把城乡河海照耀得遍地通红。
他解除了各族人民的心头之恨,
新中国顿时涌现出万马奔腾。

一夜间把混世魔王拉下马来,
就该有旋转乾坤的大智大勇。
党中央跟八亿人民血肉相连,
就成为革命巨人力大无穷。

高瞻远瞩的周恩来总理啊,
这一切都在你的心目之中。
在你光辉生命的最后时刻,
你曾想到多少人多少事情!

惊心动魄的一九七六年——献给敬爱的周恩来总理

忠心赤胆的周恩来总理啊，
你一生经历过多少血雨腥风！
你坚信革命必胜人民必胜，
就像那泰山高峰坚信东方红。

你就是泰山！像泰山那样坚定，
像泰山那样巍然不可侵犯！
云缠雾锁，何损于东岳的壮丽？
冰封雪绕，更显出泰山的庄严！

星月当空，你通宵仰望北斗。
东方破晓，你歌唱曙光在前。
你每天沐浴着红太阳的光辉，
为全世界迎来红霞灿烂照人间！

这正是中国人民的英雄形象。
你就是劳动人民的光辉典范！
你为人民而生，为人民而死，
全球震动！你的死重于泰山！

你为革命立下的功勋重于泰山！
你为人民做出的贡献重于泰山！
安息吧！杰出的共产主义战士！
永垂不朽！伟大的人民勤务员！

❋一九七七年❋

英雄钻井队[①]
——献给一不怕苦二不怕死的三二二二英雄钻井队

（一）序歌

钻台吞吐风雷电，
钻塔高耸日月星。
油田万马奔腾急，
多少最新最美的人！
一不怕苦二不怕死的
　英雄钻井队啊，
当代最新最美的人！

敢打硬仗打恶仗，
爱捉油龙捉气龙。
毛泽东思想化血肉，
培养出钢骨铁胆的人。
一不怕苦二不怕死的
　英雄钻井队啊，
铁人式的队伍铁人式的兵！

[①] 本篇作于 1977 年 7 月，发表于 1977 年《诗刊》第 9 期。曾收入诗集《惜春时》《光未然歌诗选》《光未然诗存》和《张光年文集》（第一卷）。这里内容据初刊。

头可断，血可喷，
刀山火海练雄兵。
鲜血化为团团火，
照见了一代一代大庆人。
为党献身为国捐躯的
　革命烈士啊，
人民歌颂你不死的英灵！

（二）绣金匾

说的是
惊涛骇浪的一九七六年，
春到人间春不暖。
阴风阵阵刺人骨，
黄沙滚滚扑人脸。
华国锋撒下反修防修网，
批准了华北油田大会战。
南北各路调精兵，
千里迢迢不辞远。
西北高原一支英雄钻井队，
摩拳擦掌听召唤。
八十颗红心拧成一股弦，
心急好似离弦的箭。
党支部一路高举大庆旗，
团支部一路大讲雷锋传。
走一路，红一线，
住一站，红一片。
任务是新战区南部的红一井，
运来了设备选好了点。
人拉肩扛何须说，

风餐露宿家常饭,
牲口棚里可安身,
争分夺秒抢开钻。
这时候,
"四人帮"反党妖风刮得紧,
反大庆的阴阳怪调又重弹。
头上飞来一套一套的紧箍咒,
身后投来一环一环的套马圈。
不许英雄跨骏马,
哪容得快马再加鞭!
战士们个个胸中三丈火,
更气坏了队长指导员。
久经考验的党支部,
横眉怒扫乱云翻:——
谁敢砍掉大庆旗?
谁敢?谁敢?
咱把这"工业学大庆"五个大字
　　绣金匾,
井架上高悬再高悬!
谁敢诬蔑王铁人?
谁敢?谁敢?
咱偏要人人争学王进喜,
铁人咋干咱咋干!
谁敢说"两论起家"是瞎话?
谁敢?谁敢?
咱偏把这重重矛盾分析再分析,
　条条真理实践再实践!
谁敢说"三老四严"是毒草?
谁敢?谁敢?
咱偏把这大庆作风紧紧记心坎,

互相叮咛从难更从严!
红一井畔表决心,
大干快上不容缓。
提起大庆创业心头暖,
哪怕它恶语伤人六月寒!
激流勇进的党支部啊,
加足了马力开好顶风船!

(三)李铁牛

"誓为祖国献石油,
甘洒热血写春秋!"
战友们豪情壮志写诗句,
刷在井场大门口。
队长一见呵呵笑——
果然是能文能武的好身手!
斗天天低头,
斗地地出油,
阶级敌人反大庆,
就怕我石油工人一声吼!
队长李仁杰,
外号李铁牛,
不为他个头魁梧腰杆粗,
只因他身经百战
　练成一副硬骨头,
风里雨里泥里水里埋头干,
满脸堆笑不发愁。
想起脚下就是油气海,
就连梦里也笑开了喉!
小青年叫他老队长,

其实他年纪不过三十九,
井台上鏖战十八年,
井上井下井里井外摸得透,
爱惜设备勤维修,
就像他热爱井队爱战友。
谈思想,心对心,
传技术,手把手,
热心培养接班人,
鼓励同志争上游,
可别说这位钻井队长管得宽,
他常说要抓石油就得抓队伍,
不抓队伍百事难,
抓好了队伍样样有。
井上日夜三班倒,
哪里困难哪里留。
每夜上井查三遍,
细心指点严要求。
查完井场查工棚,
他轻脚轻手细查铺,
看谁的被子没盖好,
谁个工衣没脱就打呼。
喜听战友鼾声相应和,
又坐下默读几页毛主席的书。
他听说今日花果林中打井处,
当年游击战士鲜血流;
他请来老农座谈同忆苦,
义愤填胸共诉血泪仇。
他听出村里拖拉机响声不对劲,
二话不说,
仰躺在车下细检修。

他常说：——
毛主席救我出火坑，
我甘当一辈子老黄牛；
毛主席教我学大庆，
大庆的传统不能丢；
宁可脱下几层皮，
掉下一身肉，
也要舍命打出高产油！
忠心耿耿的李队长啊，
你就是新战区的王进喜，
中国工人阶级的硬骨头！

（四）虎口夺宝

六月天大战红一井，
哪顾得热汗如雨淋！
钻头直下三千米，
显示出高产油气一层层。
泥浆槽里泛油花，
小伙子们看在眼里喜在心。
队长仔细查看了泥浆池，
立刻提出：防井喷！
指导员召开了紧急会，
队长发出了动员令。
他说眼看油龙气虎擒在手，
谨防它野性难驯咬伤人，
看来一场恶仗不可免，
考验着共产主义战士
　毛主席的兵。
他说今天井下情况不对头，

可能喷出强烈的毒气硫化氢。
硫化氢，硫化氢，
可爱可恨的硫化氢！
祖国建设多么需要你，
虎口夺宝就得把龙虎擒！
你这毒龙气虎今夜要露头，
休想逃脱石油战士的钢手心！
他说这场生产仗也是政治仗，
绝不让地上妖怪地下妖怪
　　结同盟，
吓退了降妖捉虎的人！
临战的叮嘱说仔细，
临危的措施讲得明。
不等队长说完话，
个个争先恐后向党表忠诚。
组织了抢险、消防、救护队，
人人严守岗位听号令。
队长把最重最险的担子
　　留给自己挑，
指导员绷起脸来跟他争。
他深情地握住指导员的手，
笑着说："你放心！
有我在，就有红一井！"

（五）血战红一井

这是个闷热的六月夜，
星斗满天不见一朵云，
只听见马达欢呼钻机吼，
唤醒了夜幕沉沉的花果林。

英雄钻井队——献给一不怕苦二不怕死的三二二二英雄钻井队

李队长两夜没合眼,
心里老觉得不安宁。
他想到这支队伍打过硬仗
　和恶仗,
小伙子们敢打敢拼到底还年轻,
党把这支队伍交我带,
心上的担子重千钧。
眼看打开了地下层层油气库,
谨防它来势凶猛出险情。
我在四川多年打气井,
制服过井下毒气喷,
可是今夜的情况很奇怪,
看来是高浓剧毒的硫化氢,
虽说它越浓越纯越是宝,
可也得小心之上加小心。
值班房里千叮咛,万叮咛,
把防毒口罩亲手分发给
　零点接班的战友们。
他帮副队长再次检修泥浆泵,
忽见泥浆池里绿色气浪吐妖氛。
这时一股毒气正从井口往上冒,
熏坏了当班的司钻梁通荣。
二十九岁的梁通荣,
全心全意学雷锋,
从来是哪里艰苦哪里上,
多次高空作业攀险峰。
他喜见今夜油气显示分外好,
决心一鼓作气打开聚宝盆!
哪怕头晕眼花腿脚瘫软站不稳,
他仍然紧握刹把

继续钻进不放松。
青年战友一个一个赶上来,
好容易夺过刹把,
背下他闯出毒雾一重重。
李队长刚刚修好泥浆泵,
只见井下泥浆窜出井口往上涌,
他知道井喷就在刹那间,
一个箭步忙向井口冲,
大喊一声:"这里危险,快下去!"
一把推开了舍死忘生的小英雄。
他稳扶刹把大眼盯着指重表,
看出井下毒龙五脏六腑乱翻腾。
这时一股股毒气蹿上来,
杀伤了他的耳目口鼻和神经。
井台上站着顶天立地的李仁杰,
镇压住地下毒龙翻不了身!
别看它吞云吐雾到井口,
钻头已经穿透它的喉咙
　　捅开它的胸!
风卷妖雾到机房,
司机熏倒妖雾浓,
同志们冲到机房救战友,
一个倒下一个顶。
忽然间一声咆哮郁雷炸,
好似地裂山也崩!
热腾腾的油泥喷出井口几十米,
夹杂着飞砂走石卷到半空中,
拍打着井架钢柱当当响,
落下来好似暴雨倾。
一时间天昏地暗乌云盖顶,

英雄钻井队——献给一不怕苦二不怕死的三二二二英雄钻井队

井场上弥漫着高浓剧毒的
　硫化氢。
李仁杰巍然不动坚守在岗位上，
稳操着刹把斗井喷。
一股股油泥喷在脸上身上
　不觉得烫，
一阵阵砂石扑在身上脸上
　不觉得疼。
他想到为党献身的时刻来到了，
心更豁亮眼更明。
霎时间天旋地转钻塔动，
忽觉得头重脚轻心肺炸裂
　呼吸不灵通。
这时一个念头在脑子里转：
死钳住刹把的铁手不能松！
要鼓起最后一口力气刹死车，
洒尽热血堵井喷！
拼得一身筋骨碎，
决不让井毁人亡大火焚！
只见他那魁梧的身躯
　死死压在刹把上，
果然压住了井喷保住了红一井！
英雄笑了！英雄胜利了！
他胜利了！他笑了！
他带着永恒的笑容，
告别了他热爱的井队，
热爱的英勇战友们！

且说刚被战友抢救下来的
　梁通荣，

昏迷中听到一声咆哮如雷鸣，
他睁开双眼看井台，大喝一声：
"快救队长！快救人！"
只见他踉踉跄跄爬到井台上，
全不顾砂石飞舞热雨淋，
跌倒了爬起来，昏迷了又苏醒，
哪管它脚下一步千斤重，
也要舍命抢救队长保油井！
他拼出最后的力气迈大步，
正要张开双臂抱亲人，
这时一阵毒浪打过来，
倒下了铁人式的司钻团支部书记
　梁通荣！

明知虎伤人，
偏向虎穴冲。
重重妖雾漫井台，
又闯来了雷锋式的青年地质工。
这位二十二岁的陈禄明，
为革命苦练一身基本功。
他曾经翻山越岭采标本，
誓把新区地质情况摸个清；
他曾经废寝忘食捞砂样，
砂里淘金喜见一组一组新油层；
井喷前他寸步不离泥浆槽，
监视井下新动向；
井喷后他两次冲进毒气阵，
救出了战友脱险情。
他决心夺取高压油气的新数据，
再一次咬紧牙关朝井口奔。

他满心欢喜取准取全了
　　宝贵的新资料,
又拼命堵好井口的两块
　　死沉沉的钢补心。
这时最后一阵气浪打过来,
把他掀出井台抛到半空中,
青春落地如长虹!

说不尽的刀山火海英雄胆,
唱不完的血雨腥风壮士魂!
九死一生,你们——
虎穴里闯出的英雄胆啊!
千呼百唤,你们——
担架上夺回的壮士魂啊!
前仆后继,你们——
钢浇铁铸的活雷锋啊!
抖一抖满身的泥土,
又投入火热的斗争!

(六)插话

噙着眼泪讲,
噙着眼泪听,
噙着眼泪记,
噙着眼泪吟。
徒负虚名的老诗人,
多年搁笔笔生尘。
我有壮怀歌壮士,
每恨笔力不从心。
华北油田春色好,

万花丛中耳目新。
战区日日传捷报,
心头常觉醉醺醺。
来到井场每事问,
铁人队里访铁人。
花果林里的钻井队啊,
归来时时牵梦魂!
革命浩气撼天地,
到我笔下能传几分?
饭不香,睡不稳,
愧对李仁杰的战友们!

我也曾拜谒几座著名高产井,
——七五年逆流奋进立功勋。
我也曾参观几座大型输油站,
喜听油龙成阵一路欢呼去北京。
我也曾参加现场祝捷会,
兄弟井队同时锣鼓喧天庆试喷,
稀见的优质油流春潮涌,
顷刻间好似一池春水绿盈盈。
来吧,都到池边洗个手,
恨不得跳进油浪里学游泳!
我也曾旁听井队代表的群英会,
顿觉新世界革命高潮
　　扑进我心胸。
大油田全面铺开了"三大讲",
讲得怒气腾腾热气腾腾
　　路线对比更分明。
一笔笔清算"四人帮"的滔天罪,
一队队誓为"十来个大庆"

英雄钻井队——献给一不怕苦二不怕死的三二二二英雄钻井队

　　打先锋。
胸怀全局登高望远的李仁杰啊,
你看到这些该多高兴!
听到战区到处夸赞李仁杰,
我深信你喜气洋洋英姿勃勃
　　活在石油战士心目中!

那天下午来到英雄钻井队,
见到李仁杰的战友们。
知道我们诚心诚意来学习,
一把拉住,当成自己人。
邀进锦旗陈列室,
繁花满眼赞群英。
指导员抖开一面大队旗,
但见室内室外脸上心上相映红。
说是正当去年七月
　　群魔乱舞江河横流日,
华主席亲自决定隆重授旗
　　并命名,
命名为"一不怕苦二不怕死的
　　英雄钻井队",
鼓励石油战线中流砥柱创奇勋。
烈士像前怀烈士,
英雄旗下说英雄,
新队长想念老队长,
大庆人苦学大庆人!
说起去年血战红一井,
再接再厉攻下红二井,
这支队伍经过大考验,
死都不怕,还怕困难压倒了人?

可歌可泣的故事说不尽，
可喜可贺的日子已来临：
正在快速钻进的特大高产井，
要在石油战线放卫星。
英雄们含笑扳着指头算：
哪天重来现场看试喷？
苹果林，桃李林，
千树沉沉压满身。
红一井，红二井，
花果林中不灭的灯！
斗天斗地斗"四害"，
和平建设不和平！
我来英雄阵地上，
犹闻枪林弹雨喊杀声！
红一井的战斗说过了，
红二井请君侧耳听。

（七）夜战红二井

在英雄的阵地上，
连夜迁来前线指挥部，
在红一井的紧邻，
摆开了威武堂堂的红二井。
我们的英雄钻井队，
刚经过一个月的休整，
烈士灵前齐宣誓：——
你们的遗志我们来完成！
人人心头有个李仁杰，
老队长的嘱咐句句记得清。
九死一生的五位重伤员，

英雄钻井队——献给一不怕苦二不怕死的三二二二英雄钻井队

病刚好，心犹疼，
声声呼唤好队长，
坚持提前出院擒毒龙。
这时候，
半空中浓雾锁井架，
沙窝里高温热气蒸。
战士们个个戴着防毒面具
　　齐上阵
妖风毒雾里打冲锋。
早已把头脑武装好，
又武装了耳鼻口腔和眼睛。
早已练熟了防毒防喷大演习，
今天要拿下你高浓剧毒的
　　硫化氢！
钻台上展开了降龙伏虎的
　　白刃战，
钻台下摆开了防毒防喷的
　　义勇军：
救护队，担架队，
一排排救死扶伤的医护兵；
消防车，抢险队，
日夜里守卫着红二井；
顾问团，攻关组，
帮助指挥员当机立断下决心。
指挥员提出"三个不伤害"：
一定要保护社员，保护牲口，
　　保护一望无边的果树林。
果林里一支支巡逻队，
协同武装民兵防毒瘟。
我们的战地摄影师啊，

快把这庄严的场面拍下来,
那真是感天地而泣鬼神!

稳扎稳打快速钻进再钻进,
金刚石钻头地壳深处显威灵。
半夜里忽啦啦一声大地震,
钻塔摇动搅乌云,
一时狂风呼啸走雷电,
瓢泼大雨天河倾!
电线被刮断,机房掀了顶,
扑灭了井上两台探照灯。
当班的司钻惊又喜,
正好打开了高压油气层!
沉睡万年的毒龙猛抬头,
顷刻之间有井喷!
好司钻想起了李仁杰,
呵呵一笑勇气增!
新队长十五个夜班熬红了眼,
纵身到井口查险情。
副队长来不及戴上防毒帽,
一时情急机智生,
他趁着闪电的亮光接电线,
井台上灯火又通明,
照见了暴风雨中抢险、堵喷、救护伤员的战友们。
斗雷雨,斗地震,
斗毒雾,斗井喷,
队干部哪里危险哪里去,
个个都是李仁杰;
井台上维护设备救战友,
人人都是梁通荣;

英雄钻井队——献给一不怕苦二不怕死的三二二二英雄钻井队

青年们生死关头过得硬,
涌现出多少活生生的陈禄明!
果林里做到"三个不伤害",
红二井保全了设备保全了人。
英勇善战的钻井队啊,
不愧为铁人式的队伍
　　铁人式的兵!

(八)哀兵必胜

九月里猛攻红二井,
直捣龙潭虎穴一层层。
正说下月定向毛主席报喜讯,
半空中传来撕人肝胆的哀乐声!
毛主席啊毛主席,
是您救咱穷人出苦海,
教咱工人阶级胸怀世界立雄心!
是您,树起了咱们头上的
　　大庆旗!
是您,培养出咱们心上的
　　王铁人!
那天下午谁也吃不下一口饭,
止不住心头悲愤热泪倾。
石油工人怀念毛主席啊,
石油工人怀念周总理啊,
怀念咱工人阶级的贴心人,
英雄们整队集合在井场上!
面向北京宣誓表决心:
随它地下毒龙地上毒蟒多凶狠,
咱把这满腔悲愤化为千钧力,

永保毛泽东大旗万年红!
人人心里憋着一股子劲,
千言万语,千仇万恨,
都说给几千米长的钻杆
　几千米下的钻头听。
钻杆钻头最听工人的话,
穿透了一层又一层花岗岩,
碾碎了一座又一座石头城,
直捣藏龙卧虎的金银坑!
固井工程做得多么好啊,
李队长啊,你要看到了也放心。
层层密封层层锁,
那家伙再不能窜出地面乱咬人。
须知它一爪一牙一鳞一甲
　都是宝,
单等它在蒸馏塔中分离器内
　现原形!

(九) 喜歌

锣鼓喧腾心似火,
彩旗高飘花满林。
油田祝捷开大会,
喜上云霄第几层?
一队队钻井英雄台前站,
一阵阵鼓掌欢呼喝彩声,
一朵朵大红花儿胸前戴,
一张张青春笑脸泛红晕。
这时扩音喇叭来报喜,
特大的喜讯喜煞人:

英雄钻井队——献给一不怕苦二不怕死的三二二二英雄钻井队

捉住了！捉住了！
捉住了王张江姚四条大毒蟒！
消散了！消散了！
消散了心上的乌云天上的云！
华主席为首的党中央啊，
解除了八亿人民的心头恨；
有了英明领袖华主席啊，
又见东方红遍太阳升！
锣鼓啊，
使劲地敲啊使劲地敲！
火炮啊，
使劲地轰啊使劲地轰！
油田啊，
喜气盈盈，怒气腾腾，
恨不得啊，
把井下毒蟒地上毒蟒一锅烹！
无限感激啊，
华主席传令嘉奖了
　降龙伏虎的英雄钻井队！
尽情歌唱啊，
社会主义革命时代的董存瑞！
社会主义建设时期的黄继光！
我们石油战线上的活雷锋！
热烈欢呼啊，
工业战线万马奔腾学大庆，
日夜传来破旧立新的报捷声。
衷心祝贺啊，
陆上海上多少英雄钻井队，
正在快马加鞭，
大庆之下找大庆；

大庆之外创大庆；
油田之下开油田；
高峰之上攀高峰；
再拿下多少千吨万吨井啊，
为"四个现代化"添热能；
敲打着地球铿铿响啊，
笑迎"十来个大庆"满天星：
为祖国争取更大的光荣！

1977 年 7 月

毛主席登高望远看世界[①]

毛主席登高望远看世界，
旧世界何曾是铁板一块？
红日下大冰山块块分解，
冰山下大地震处处崩裂。

当年的大冰山东倒西歪，
如今已分化成两个世界。
谁要说西方阵营长生不老，
除非把块块冰山焊接起来！

自从北极熊把列宁故乡出卖，
新沙皇名列第一世界第一宫，
谁说社会主义阵营依然故我？
那是狼外婆替自己涂脂抹彩！

毛主席登高望远看世界，
热腾腾第三世界方兴未艾，
亚非拉风起云涌反两霸，
被压迫者炸开冰山把头抬。

毛主席运用无产阶级分光镜，
把三分天下划分为三个世界，

---

① 本篇发表于 1977 年《人民文学》第 9 期。未曾收入自编作品集和文集。

帮助各国人民分清敌我友,
揭开了地覆天翻的新时代。

自从提出三个世界新论断,
一阵阵东风浩荡扑向虎狼穴,
一声声椰林战鼓响彻云霄外,
一处处革命狂飙卷起千山雪。

自从提出三个世界新论断,
第三世界冲锋陷阵奋威烈;
第二世界对号入座各就位,
只有苏美两霸日子最难挨。

两霸相争张牙舞爪更猖獗,
我把革命战略策略巧安排,
搜集他的重重矛盾为我用,
教他众叛亲离难道不应该?

战争贩子一个更比一个坏,
口念和平经,胸怀虎狼胎。
对待两霸也要运用两分法,
快瞄准迎面扑来的第一害!

自从提出世界革命新战略,
逼得苏修空谷寒山猿啸哀,
他大唱"两个阵营"赞美诗,
当成他免祸消灾的挡箭牌。

可恨崇洋媚外的"四人帮",
钻进革命队伍里搞破坏,

叫什么四面出击，打倒一切，
只博得那狼外婆连声喝彩。

别听他唱高调"左"得可爱，
单看他对谁有利，对谁有害。
颠倒敌我友，诽谤革命派，
这样的"马列主义"真叫怪！

他继承了托洛茨基的衣冠带，
专门把黑说成白，好说成坏。
华主席号召群众开展大批判，
不许他妖言惑众流毒海内外！

社会主义新中国自豪地宣称：
我们属于第三世界革命派！
全力支援各国人民求解放，
各国人民欢呼我们除四害。

第三世界山连山来海连海，
山呼海应结成一条同心带。
普天下一切反霸力量大联合，
声威壮，万马奔腾快快快！

毛主席留下革命战略无价宝，
盼来日全球冰雪消融春常在！
为了英特纳雄耐尔早实现，
风雷动，趁热打铁快快快！

❋一九八一年❋

聂耳墓前①

昨日穿雾腾云,
今日盘山过岭。
聂耳,我来看望你,
在你雄伟的墓前致敬。

坐拥西山柏树林,
下临滇池明如镜。
这里真好啊,聂耳,
高山流水到处有知音。

云南的壮丽山川培育你,
更有时代风云、革命人民。
你那刚健热烈的乐语,
使人奋起,催人前进。

我曾向银幕上的聂耳②,
抒发我一片仰慕之情。
你当年的亲密战友啊,

---

① 本篇作于1981年11月,发表于1982年《边疆文艺》第1期。曾收入诗集《惜春时》《光未然歌诗选》《光未然诗存》和《张光年文集》(第一卷)。

② 指赵丹表演的电影《聂耳》。——作者原注。

再现了你灿烂的青春。

你那良师益友合作者①，
十年浩劫中悲壮牺牲！
他为人民做了大量好事，
必将在人民的心上长存。

我曾在藤泽市的海滨，
向大海呼唤你的英灵。
你那团结战斗之歌，
沟通着两国人民的心。

出生的城，永别的城，
如今长结为友好的城：
昆明——藤泽，
藤泽——昆明。

多灾多难的祖国啊，
如今是一派柳暗花明。
唱英雄的歌，万众一心，
排除艰险，向高处攀登。

听！天风在林海翻滚，
滇池里好似大海沸腾；
聂耳在指挥我们合唱，
天南地北响彻前进的歌声。

---

① 指田汉。——作者原注。

从受难的人民汲取力量,
将强大的力量交给人民。
"起来起来"歌声传遍全世界,
召唤着不愿做奴隶的人们。

一九八一年十一月于昆明

一九八二年

愿健美的歌声唱遍城乡[①]
——《中国歌词选》序言

当热情的诗句,
张开音乐的翅膀,
豪迈的歌声,
在天南海北飞翔;
时代的热情乐语,
应和着时代的巨浪。
在那如火如荼的年代,
革命歌声催人奋起,
夺取了多少荣光!

如今苦尽甘来,
新时期春风浩荡。
又一个热情奔放的年代,
十亿人民行动起来,
要实现几代人的苦苦梦想!
愿诗与音乐亲密结合,
健美的歌声唱遍城乡,
增强我精神文明的武装!

1982年11月北京

[①] 本篇作于1982年11月。曾收入诗集《惜春时》《光未然歌诗选》《光未然诗存》和《张光年文集》(第一卷)。

❋一九八七年❋

痛心的诀别[1]
——怀念郭沫若同志

这是六月十二日上午十一点,
我匆忙赶来郭老病榻之前。
宽敞的病房这样寂静无声。
我痛感正面临诀别的时间!
郭老静躺着微闭着双眼,
弥留时刻还是那么安然。
他的灵魂儿飘向云里雾里,
是否正在和屈原李白攀谈?
一霎时呼吸越来越急促了,
呼气热腾腾扑打我的泪脸。
我一声声呼唤敬爱的老人:
"我是您的学生光未然!"
郭老的两眼忽然张开了,
他醒来了,微含着笑意;
他的手臂不停地抖动,
想伸来握别又不听使唤。
我又惊又喜又那么慌张,
要说的话都梗塞在喉管。
可是郭老已经意会了,

---

[1] 本篇发表于 1988 年《诗刊》第 6 期。曾收入《光未然诗存》和《张光年文集》(第一卷)。

他轻轻嘘出一声"谢谢",
又闭上了他安详的双眼。
我的眼前顿时模糊一片,
同志们扶我到隔壁房间。
我不禁失声痛哭,又不敢
让此时此刻的郭老听见!

"谢谢"这是您辞谢人间
说与人间的最后一句语言。
这一声包含着深情无限!
不,应当致谢的是受惠者,
是中国人民和中国青年。
您一生花费了多少心血,
为我们留下大量文化遗产。
新文化科学的多少领域,
是您开辟了第一片荒原。
您的热情的智慧的笔尖,
在创造中时时心照先贤。
我们大时代的风云变幻,
被锻造为您的巨制宏篇。
当代革命的文化巨人啊,
我们共产党人的高尚典范!

"谢谢"这是我亲耳听到的
您辞别同志的最后的声音。
不,应当致谢的是我们,
是您的后辈,您的学生。
大革命失败的悲痛时刻,
您讨蒋的檄文使人振奋。
当我开始动笔学写诗文,

您的《女神》是我的诗神。
您曾率领抗日宣传的大军,
我在您的麾下当一名小兵。
在重庆天官府您的书斋里,
也曾领受您的指点和信任。
前些时听到说您大病初愈,
我偕诗友去看望您和立群,
您总说再坐一刻再坐一刻。
想不到再见时已心痛如焚!

"谢谢"这一声使我心疼。
我说不尽心中的感激之情。
前几年您关切地托人带话:
教光年少开些会多写点诗,
可不要在会议里脱不了身。
这些年,我写了些什么呢?
我愧对前辈的厚爱和叮咛!
想起一九七六年获得新生,
我曾许愿:不作空头诗人:
"我要重新磨练我的诗笔
歌颂我的党,我的人民。"
我确实开会多写诗太少,
动笔时总自愧运笔不灵。
我曾经议论过我的老师:
早年写得好;晚年诗不精。
我没能写出自己的《女神》,
思前想后一概是比拟不伦。
一个人的贡献有大有小,
只看他是否献出了全心。
但愿今后有那么几行诗句,

也能够长留人口深入人心。
谢谢！我的老师和同志，
您此刻能否听到我的回音？

一九七八年六月十二日急就稿
一九八七年八月八日补成之

致严良堃的指挥棒[①]

一千五百双专注的眼神，
随着多情的指挥棒闪动。
歌喉婉转而又仰天长啸，
迸发出九曲黄河怒涛声。

从你那多情的指挥棒里，
唱出五千年黄河的命运。
仿佛你胸中一条黄河水，
都化为指挥棒上的乐音。

你的指挥棒威力大无穷，
掀起千万人喜怒的旋风。
那一部黄河命运交响乐，
早在你脉管里融会贯通。

你接过冼星海的指挥棒，
用黄河的音乐震撼人心。
每逢合唱队里出现嗓音，
有坚强的臂膀指挥若定。

一九八七年中秋节 济南，山东艺术节《黄河》演唱后。

---

① 本篇作于 1987 年 10 月。曾收入《光未然诗存》和《张光年文集》（第一卷）。

❋一九八八年❋

鹿回头歌[①]
——观三亚鹿回头雕塑有感

快步追来！
快步奔走！

从五指山奔来，
从东山岭奔来，
奔到天涯海角，
猛回头。

往事不堪回首！
回顾所来路：
多少血泪？
多少悲愁？

仙界何处有？
向何处追求？
辜负了宝山宝水，
彩贝金瓯。

都因为封山锁岛，

---

① 本篇作于1988年5月。曾收入《光未然诗存》和《张光年文集》（第一卷）。

千年落后；
捧着金瓯讨酒，
代代蒙羞。

猛回头，
看祖国改革洪流，
越过琼山琼海，
扑向天陬！

我是年轻的鹿。
我是英雄的鹿。

猛回头，
放开歌喉。
宝岛青年齐动手，
改造琼州！

　　　　　　　　　一九八八年五月　北京

红树林之歌[①]

海南岛东北部曲口、演丰一带绵延百里的红树林，是驰名国内外的海上奇观。今年3月中旬，我曾去海口附近的琼山县演丰镇红树林自然保护区游览半日。一些新鲜印象和联类而及的感想，常系心头。5月下旬，在京写出这篇《红树林之歌》，自觉情真意切，经过适当调整（摘编），可能成为一个大合唱的歌词。有哪位作曲家乐于一试吗？

1988. 6.14 记

一

据说在那遥远的年代，
这儿曾经地裂山崩，
忽拉拉浪涛涌进来，
吞没了大片田野和山村。
几百年的狂风恶浪，
几百年的电掣雷鸣，
在这百里海湾的滩涂上，
培育出四季常青的红树林。
啊，红树干，绿树荫，
海湾百里绿森森。
碧海蓝天的交接处，
一望无边的绿长城。

[①] 本篇作于1988年5月，发表于1988年7月17日《人民日报》。曾收入《光未然诗存》和《张光年文集》（第一卷）。

啊，红长城，绿长城，
千百万红树心连心。
肩靠着肩，心连着心。
手拉着手，根缠着根。
退潮时风里摇曳，
涨潮时浪里藏身。
十二级台风奈我何？
风里浪里更精神！

我今来访红树林，
所闻所见耳目新。
舍舟登上红林岛，
仿佛进入童话境。
这是野菠萝吗——
弯曲着红铜躯干？
这是水椰树吗——
浑身缠满了青藤？
密麻麻的热带甜果树，
凤尾阔叶遮盖了晴空，
也向山边老榕学乖巧，
垂下一排排气根与柱根，
从大海吸取浩然之气，
把凝重的躯体稳稳支撑。
阔叶似大鹏在林梢展翅，
根须像龙蛇在脚下爬行。
几缕阳光从树顶射进来，
照见这密林深处的梦幻境；
照见红树林刚强的肺腑，
使我惊奇！
使我壮胆！

使我倾心!

二

啊,红树林,
你海湾的长城,
你海南岛红色的守护神啊!
在那些多灾多难的年月里,
你和琼崖人民一同斗争。
你那坚韧的躯干的触须,
掩护过多少革命战友;
你那赭红碧绿的铜墙,
顶住了侵略者的弹雨枪林。
你海上长城的城脚下,
有琼崖纵队的指挥部。
至今城里城外风浪在呼啸,
还仿佛声声呼唤冯将军!
啊,红树林啊红树林!
你亲眼看见海南英雄儿女,
用血淋淋的臂膀扛住红旗,
一人倒下了百人顶!
他们在革命洪流中成长壮大,
正像大风大浪中的红树林!
啊,红树林啊红树林!
你亲眼看见,亲眼看见
一批批琼纵英雄渡海峡,
迎来亲爱的兄弟解放军。
把口粮省给亲人,
把红心掏给亲人,
把挥戈南下的伤员们,

轻手轻脚抬进红树林。
密林深处的战地医院里,
子弟兵精心护理着子弟兵。
啊,红树林啊红树林!
你亲眼看见,亲眼看见
海南的各族革命者,
对革命事业无限忠诚!
他们对党中央无限忠诚!
他们无限忠诚啊,
无限忠诚!

三

啊,红树林啊红树林,
你是海南岛历史的见证。
说不尽的风风雨雨,
说不尽的惊涛骇浪,
说不尽的苦怒哀乐啊,
今天六百万海南人民,
迎来改革开放的新生命。
天涯海角张开热情的臂膀,
迎接五湖四海的朋友。
牙龙湾袒开温暖的胸怀,
把开拓者从头到脚亲吻。
五指山向北京举手致敬。
海南省的心脏海口市啊,
汇集着四面八方的壮志雄心。
长期孤悬在外的宝岛啊,
全中国投来热望的眼睛!
你能行吗,我的海南岛?

你能飞吗，我的海南省？
啊，海南，祖国的宝岛啊！
你耽误了那么多岁岁年年，
这一回可得要抓紧抓紧！
海南，能飞吗？
——能飞！能飞！
我们练就了雄鹰的翅膀。
海南，能行吗？
——能行！能行！
我们紧紧依靠着祖国母亲，
六百万海南人亲密团结，
就像这海上长城红树林！
红树林，红树林，
我们就是红树林！
我们在琼山琼海扎根。
我们跟大海大洋结亲。
我们听从党中央的号令。
我们汇集了八方精英。
光辉的目标吸引我们。
艰难困苦吓不倒我们。
我们迎接时代的风浪。
我们在大风大浪里游泳。
十二级台风奈我何？
风里浪里更精神！

红树林啊红树林，
人人心中一片红树林！
红树林啊红树林！
祖国的珍宝红树林！
人间的奇迹红树林！

友　　谊[①]

我来感受
新鲜的生活，
首先感受的，
是美好的友谊。

友谊——
喜盈盈的，
热腾腾的，
沉甸甸的。

像园中金桂，
清香扑鼻。
随着一呼一吸，
沁我心脾。

像楼外桐林，
饱经风雨，
依然挺胸扬臂，
动我心扉。

像一湖秋水，
波光流蜜；

[①] 本篇作于 1988 年 10 月。曾收入《光未然诗存》和《张光年文集》（第一卷）。

友　谊

仿佛陈年佳酿，
诱我痴迷。

播种的是友谊，
收获的也是友谊。
比起当年播种，
收获了十倍百倍！

一九八八年十月　武昌

一九八九年

为 什 么[①]
——抗敌演剧队五十周年纪念会书感

为什么当年亲密的战友,
相见时竟不敢直呼其名?
你盯着我,我盯着你,
似相识却又难于辨认?
猛然间,大叫一声,
你捶打我,我捶打你:
哎呀!你捶得我好疼!

为什么当年的小后生,
再见时居然秃了头顶?
为什么当年的小丫头,
啥时候竟然白了双鬓?
呀!这是你呀?你活着呀!
你抱着我,我抱着你,
一时间都变得这样年轻!

当年共用一条被的战友啊,
当年分吃一碗粥的难友啊,
你惦记我,我惦记你,

---

① 本篇作于1989年1月。曾收入《光未然诗存》和《张光年文集》(第一卷)。

为什么——抗敌演剧队五十周年纪念会书感

说不尽几十年的思念之情！
说呀，笑呀，唱呀，跳呀，
好容易盼到这欢聚的时刻，
为什么眼眶下挂满了泪痕？

也曾争吵过面红耳赤；
也曾拍桌子伤了感情。
你埋怨我，我埋怨你，
只怪那时我们太年轻！
不用解释，不用说明。
为什么这一切烟消云散？
都因为患难中生死同心！

一九八九年元旦于北京

握　　手[1]

当黑色的风暴，
席卷中国大地；
我匆匆穿过长街，一切
熟人视同路人的时候，
感激你，真挚的朋友，
你默默地同我握手，
你紧紧地同我握手！

当我开肠破肚，
摘除一串毒瘤；
我泰然躺在病床，怀念
健在的一切故人的时候，
感激你，真挚的朋友，
你深情地同我握手，
你紧紧地同我握手！

当一阵倒春寒，
挟来一阵冰雹；
我闭门谢客，而又
渴望倾诉衷肠的时候，
感激你，真挚的朋友，
你轻轻推进门来，

---

[1] 本篇作于1989年1月。曾收入《光未然诗存》和《张光年文集》（第一卷）。

握　手

你紧紧地同我握手！

当风暴过去，
当病痛过去，
当感冒过去的时候，
感激你，真挚的朋友！
想念你，不死的友谊！
让我们紧紧地握手，
紧紧地，更紧紧地！

一九八九年一月四日　北京

❋一九九一年❋

访深圳老街[①]
——兼怀亡友侯金镜同志

[题记]去年年底,我为深圳作协和《深圳特区报》所写《大鹏壮志与开荒牛精神》一文中提道:"早在一九五九年春天,我和亡友侯金镜同志一起,曾经在深圳驻足两三天。那时深圳还是濒海的一片荒凉的滩地。只有一条破败的小街,街上最神气的是一家约占两三间小铺面的三层楼的华侨旅社。时值"大跃进"后的三年困难期开始,我们走访的这条小街,还有罗湖桥畔的海关以及奇怪的沙头角,都显得景色凄凉。"一九九〇年十一月二十日上午,应我的要求,深圳友人带我重访当年的小街,喜而复悲,悲而复喜。如今深圳已成为我国社会主义改革开放的窗口,国际瞩目的新城市,而金镜于"文革"中脑溢血早逝,未能相约重游,使我心头久久不能平静。今春草成此诗,略抒这次重访时悲喜交集的心境。

老街,深圳最小的街,
穿小巷侧身而过,
街两面笑语相接。
小街,深圳最老的街,
罗湖桥边凄凉的小镇,
曾被遗忘了多少年代!

不在特区繁华的大道上漫步,
一心要拜访你这偏僻的小街。

[①] 本篇作于1991年4月。曾收入《光未然诗存》和《张光年文集》(第一卷)。

访深圳老街——兼怀亡友侯金镜同志

几次找你都不曾找到，
今天看到了是耶非耶？
不为选购家用的锅盆碗筷，
只为的旧游之地重来一瞥。

那是五十年代的最后一年，
我和知心友人在街头徘徊。
刚进入三年困难的日日夜夜，
小店里货架上已空空如也。
小伙子们半夜里泅渡逃港，
河面上漂过来大片鲜血。
怅望着这边陲的荒凉小镇，
怎忍住心头的阵阵悲切！

如今特区的楼群光华四射，
老街被挤在这偏僻一侧。
金镜，我的难忘的难友，
你要重来该是眉笑眼开。
记得你时而双眉深锁；
又时而畅笑开怀；
为什么有时那样暴怒；
为什么脑血管猝然迸裂！

老街，深圳最小的街。
小街，深圳最老的街。
在特区人的欢歌笑语中，
可记得这古老低矮的境界？
面对着这特区中的小小特区，
我记忆中的愁云啊排解不开！

一九九一年四月十五日

题女娲补天雕像①
——兼怀亡友傅天仇同志

[题记] 一九九〇年八月，才思横溢的雕塑艺术家傅天仇同志不幸因病早逝。天仇胸怀壮志，正协同他的环境艺术工作室的同志们，用他们的艺术设计和雕塑创作，美化祖国的大好河山，塑造人间的艺术形象，为社会主义精神文明竭尽心力。他倡议并设计的大连金石滩天然雕塑公园，秦皇岛长寿山雕塑系列，安徽涂山的大禹造像，深圳蛇口的女娲雕像……都曾先后向我描述他的构思，使我从他意兴湍飞的言谈中汲取美感，获得教益。他和他的艺友合作的女娲石雕去年落成时，欣然持赠彩色照片，嘱我去亲眼看看。十一月下旬，我来到蛇口，仰视蓝天下大海边的女娲补天雕像，心胸为之一振。回忆此情此景，心潮波动，诗以纪之：

> 该有超神的智慧，
> 超仙的气概，
> 炼成五色宝玉，
> 补就苍天崩裂。
> 女娲氏的旷古功勋啊，
> 遗爱千秋万代。
> 该有超人的灵感，
> 超众的长才，
> 雕成娲后龙身，

---

① 本篇作于1991年4月。曾收入《光未然诗存》和《张光年文集》（第一卷）。

守护长空碧海。
艺术家的鬼斧神工啊,
蛇口吞吐异彩。

一九九一年四月十六日北京草

无土栽培菜圃①

[题记]去年十一月二十五日,我和曹河、曾炜、刘鲁宁、黄叶绿同志一起,专程参观珠海市农业科学研究所的无土栽培基地,听取了市农委和农科所负责同志的热心讲解,看过了生气勃勃的西芹菜、空心菜、黄瓜和西瓜苗等样板棚,很感兴趣。珠海不乏高科技工业,惜多为三角债所苦。农业虽也暂时苦于资金短缺,毕竟走上新路,前程远大。今年四月十七日,重温当时日记和笔记,引起诗兴,一口气写出新体诗戏作四小段,略表对珠海同志们的谢意。

再也不该打赌:
瓜离不开田,
菜离不了土。
你看这一大片
无土栽培的绿棚下,
黄瓜西芹空心菜,
在安定和谐的气氛中,
生活得眉飞色舞。

黄瓜壮而长;
西芹嫩而粗;
空心菜刚撒开
绿盈盈的花束。
她虚心正直的腰身,

---

① 本篇作于1991年4月。曾收入《光未然诗存》和《张光年文集》(第一卷)。

像并肩丛生的翠竹。
你们是否还留恋故土？
齐声回答说：不！不！

这里有美好的光与热。
这里有和风轻轻吹拂。
你们需要的乳汁和饮料，
日夜里供应得十分充足。
有身怀绝技的农艺家，
保姆似的精心侍候。
你温室里培育的幼苗啊，
在这里成长得何等幸福！

可别！请不要，
请少来两株。
请早送港澳，
让刁嘴的顾客享受。
我宁愿照旧品尝
沃土里饱经风雨的果蔬。
它们从大地吸收生命力，
又被我的生命吸收。

一九九一年四月　北京

星海园沉思录①

[题记] 一九九〇年十二月五日,曾炜同志带我和叶绿访白云山下的星海园。冼星海同志的胸像石雕,由雕塑家曹崇恩、廖慧兰精心雕制,神情很好。石像背靠白云山坡,由一片松柏林、竹林、相思树林围拥着。园中宽敞幽静,鸟语花香。我们登上石阶,在雕像旁留连徘徊,不忍遽去。当时想写诗,而思绪纷乱,行色匆忙,未能如愿。一九九一年五月五日至七日,翻阅南游日记,梳理脑中思绪,写成这首《星海园沉思录》:

> 广州的初冬仿佛早春,
> 白云山林荫道多么幽静!
> 我专程看望你啊,星海,
> 我久违的同志和友人。
>
> 虽然长别了半个世纪,
> 难忘你沉着矫健的身影。
> 你那洞穿世纪的乐语,
> 仍然像钟鼓撞击人心。
>
> 为什么我怦怦然心跳不停,
> 眼看这星海园已经临近。
> 好像不是来访久别的战友,
> 而是接受一场严峻的拷问。

---

① 本篇作于 1991 年 5 月,发表于 1998 年《人民文学》第 5 期。曾收入《光未然诗存》和《张光年文集》(第一卷)。

白里透红的花岗石胸像,
背靠浓绿的竹林松柏林。
作曲家用深沉期待的目光,
凝视着远道来访的人们。

不错,这是冼星海在沉思,
思考着祖国和人民的命运。
他花岗石般刚强的品格,
也像劲松翠柏四季长青。

在南海的风浪中诞生。
在巴黎的学海中苦撑。
中华的黎明,群众的抗争,
炼出黄钟大吕的时代新声。

刚离开烽火连天的祖国,
又加入莫斯科东流的人群。
你一生在颠沛流离中度过,
腿不停手不停歌也不停。

啊!琴弦断了!心弦断了!
这才震惊,我们又牺牲了
多少未完成的艺术杰作!
倒下了,又一个乐坛巨人!

在那如火如荼的年代,
你的声乐曲调似警钟长鸣。
如今太平洋的东西南北,
仍传唱中国人民的战斗歌吟。

歌声打动海外的炎黄子孙,
含着泪眼呼唤祖国母亲。

黄河召唤，长江珠江在召唤，
一股暖流贯通九万里风云。

啊，星海，你还来不及歌唱
人民的胜利，新中国的诞生；
这本是你梦寐以求的啊，
你为此熬过多少难熬的星辰！

应当有冼星海式的大手笔，
来歌唱四十年的光荣历程。
其中有欢乐颂有英雄交响乐；
也有不测的命运轻轻叩门。

啊，光荣四十年，要是都能
像开国年代那样万众一心；
要是新时期长保风顺雨顺，
新中国更是何等繁盛昌明！

我们开创社会主义新时代，
大地在改革中推陈出新。
二十一世纪正在向我们招手，
这新的长征可得要聚精会神。

啊，星海，苦命的战友，
这白云山下是多么安静！
你一生不停地奔波流徙，
终于拥有花香鸟语的园林。

这是你的故乡啊，星海，
你从山坡凝望五羊城。
改革巨浪这次从珠江掀起，
羊城是珠江巨浪的中心。

我似乎听到一首珠江大合唱，
乐句用改革者的心血组成，
每一个乐章都有起承转合，
唱出大众喜怒哀乐的激情。

你的故乡人民的大手笔，
在党中央指引下苦心经营。
全国江河湖海此呼彼应，
新时期的大合唱深入人心。

仰望你凝神沉思的目光，
我正接受你严峻的拷问：
改革的大船能否闯过暗礁？
你对光辉的前程是否坚信？

我刚到南粤各地旅行访问，
多少新鲜印象使我动情。
我看到江上海上千帆竞发，
水手们迎风拼搏眼亮心明。

只要水手们不迷失水性，
船不离水；党不脱离人民，
不管有多么险恶的急风恶浪，
都不能阻挡我们既定的航程。

我们的党有伟大的生命力，
我坚信，因为我相信人民。
尽管我的诗只抓住吉光片羽，
我坚信彩凤一队队奋翅凌云。

一九九三年

茶园漫步[①]

漫步在雨后茶园的小路上,
茶园刚迎来了带露的朝阳。
每一丛茶伞像透明的玉树,
翠绿的叶片放出闪闪灵光。

这是灵隐山下的一片茶园,
灵山都被古老的林荫覆满。
从那高耸云天的古枫枝头,
传来翠鸟的歌喉声声呼唤。

伫立在西湖之滨的茶园中,
看绿的天绿的地绿的山峰。
听翠鸟在绿荫中呼朋唤友,
似银笛一声声地滑过长空。

你这天外飞来的林中隐士,
要告诉我什么新奇的信息?
我刚要爬过陡坡走出茶园,
又短一声长一声将我唤回。

---

① 本篇作于1993年4月,发表于1998年5月13日《文汇报》副刊《笔会》。曾收入《光未然诗存》和《张光年文集》(第一卷)。

在西湖之滨的绿浪里滑行，
让一湖绿水荡涤我的心灵。
晨风送来新茶的阵阵清香，
伴随灵隐寺里的阵阵梵音。

漫步在雨后茶园的小路上，
陶醉于绿山绿水绿的茶乡。
既然闯进迷人的诗境画境，
能否偷偷地采回小诗几行？

一九九三年四月于杭州创作之家

❋一九九五年❋

童　　话[①]
——记录小孙儿都都说给光年爷爷的话

一　动画世界

亲爱的都都也，
还不起来？
我来抠你脚心了，
快起来！

等会儿，可别——
等我这个梦
做完了再……
梦完了再……

我骑在大象鼻子上。
它鼻子一甩，
把我甩进了
动画世界。

[①] 本篇作于1995年4月，发表于1998年《人民文学》第6期。曾收入《光未然诗存》和《张光年文集》（第一卷）。

二 明天晚点来

明天晚点来！
一到明天，
我飞得那么远。

明天晚点来！
明天离开今天
那么远。

明天那么远，
我想爷爷奶奶，
怎么办？

今儿夜晚，
我整夜不睡，
守住今天。

我抓住今天的尾巴，
踩住明天的头，
教今天走得慢，
明天来得慢。

一九九五年四月　杭州追忆写出

二〇〇〇年

《骈体语译〈文心雕龙〉》序诗[①]
——谨以此书献给新世纪的文学青年

我架起一座龙纹桥,
通向他中古的文心。
他的文心寄托深远啊,
寄与龙飞凤舞的后来人。

2000 年 7 月 7 日于北京

[①] 本篇为《骈体语译〈文心雕龙〉》(张光年译述,上海古籍出版社 2001 年版)一书写的序诗。

《光未然脱险记》殿尾诗（七首）①

说与长江
——《武汉上海奔去来》殿尾诗

你奔腾不息的长江水啊，
你是我最伟大的朋友！
你搭救我们苦难的民族，
又把我这小青年搭救。

我来自多灾多难的汉北，
在黄鹤楼头向你倾诉。
却看到当年英雄的鲜血，
还在你的江面上漂流。

如今反动派要谋害我，
你的"飞快轮"载我逃走。
眼看日寇要血洗沪宁，
你又载我回到黄鹤楼头。

这回大武汉怒火沸腾了，
通宵有火炬游行的队伍。

---

① 本篇发表于《诗刊》2001年第7期，是作者为回忆性散文集《光未然脱险记》做的一组殿尾诗。未曾收入自编作品集和文集。

我要高扬起抗日的歌声,
汇入黄河长江的冲天怒吼。

2000.9.17. 上午

浪尖上的小海燕

——《少年惊弓记》殿尾诗

眼下的海面波涛翻卷,
照映着云海瞬息万变。
我的脑海也波涛翻卷啊,
卷出 1927 年的历史巨变。

为什么提起陈年旧事,
我的脑海就乱成一团?
提起当年的亲密战友,
我就忍不住泪流满面!

你浪尖上的小小海燕啊,
你的羽毛远远没有丰满。
你在惊弓时潜入水下,
又在火光中冲向云端。

快快长大! 快快出去!
让头脑和翅膀经受磨练。
在追求真理的长征中,
还得经历多少明枪暗箭!

2000 年 8 月初草于深圳大澳湾
2000 年 9 月写成于北京

《光未然脱险记》殿尾诗(七首)

提醒自己
——《鄂北奇遇记》殿尾诗

为什么蒋家的反共军人,
竟向你伸出友好的援手?
而那些笑里藏刀的家伙,
却是你当年亲密的战友?

在这大时代的转换关头,
有些怪人怪事很难看透。
在大浪淘沙的怒涛深处,
有两种力量在生死搏斗。

你年轻的战士和诗人啊,
将踏上艰险的长征之路,
那万山丛中变化莫测啊,
要加上一身隐形的甲胄!

2000.9.20

化身博士
——《奇异的旅程》殿尾诗

不怕毒龙正在张牙舞爪,
我要钻进你毒龙的腹心,
随你滚过那十万大山,
随你钻进这海上钢城。

我化身为一个赌徒,

在海上跟你们拼个输赢。
把你们的金银搂入怀抱,
又将这战利品扔还你们。

我要登上这贼船的甲板,
看一轮朝阳照红了洋面。
这里是四海之外的四海,
看不见地平线一丝一片。

乌黑的海浪突然暴怒了,
洋面倒立起像一座高山;
高山大海一起扑打过来,
像要埋葬这花旗巨舰。

我这化身博士法力无边,
让敌人护送我逃出牢监。
我要在北国放声歌唱了,
看你蒋家王朝拿我咋办!

2000.9.30 上午

心随浪涌渡黄河

——《堕马折臂去延安》殿尾诗

谁让你自夸能驾驭劣马?
你到底受到劣马的惩罚!
那匹白马昨夜刚被吊打,
此刻暴跳狂奔将你抛下。

这里是两山壁立的狭谷。

你左臂关节被尖石深扎。
堕马时疼得你昏迷不醒,
醒来时庆幸保住了脑瓜!

你得到战友们亲切护理,
老三队兄弟姐妹如一家。
队友们护送你奔赴延安,
求医求学求取真理之花。

再度黄河时我心随浪涌,
身在方舟我挣不脱担架。
只听见壶口瀑布动地来,
我的心随高空之河溶化。

虽然我的左臂没能治好,
我也要放歌在宝塔山下:
歌唱黄河两岸的新史诗;
歌唱已经破晓的新中华。

2000.10.7 北京

大梦初醒
——《怀着感激的眼泪》殿尾诗

我是个乐观的
　　幸运的人,
曾经一次次跨过
　　死亡的陷阱。
可是十年浩劫中
　　我历尽忧忿,

到底逃不脱
　　　今天这一场癌症。
我含泪感激
　　　当代的名医,
感谢友人亲人们
　　　伸出救助的手,
使得我死里逃生
　　　回到文化阵营。

我和大病告别,
恍如大梦初醒。
在病后头脑里,
留下难解的疑问:
癌症这个称号
过去很少听到,
为什么经过"文革"
把那么多好人放倒?
多少老革命,
我的多少老战友,
曾跨过火海刀山,
穿过弹雨枪林,
却闯不过啊
那一场癌症!
就连我们的好总理,
那么坚强的性格,
那样博大的胸怀,
也经受不住
那一场暗害!
"总理走了,
谁还会关怀我们?"

这使得十里长街
　　　送别的人群，
一时间热泪如倾！

我仿佛看到
有几双罪恶的黑手，
有几个狂乱的瘟神，
以"革命"的名义，
对人民民主实行专政。
还假手于"红卫兵"
将致癌的毒液，
迫使革命者吞饮！
杀害了多少教育家文艺家，
杀害了多少革命功臣！

癌症促我深思，
死神催我猛省。
我看到
那一阵
我们的头顶患了癌症！
我们的喉咙患了癌症！
虽然照常开会讲话，
照常高唱入云，
可正一天天走向
　　　毁灭的命运！
我的饱经忧患的
　　　中国共产党！
我的多灾多难的
　　　中国人民！
我们何时才能

从噩梦中苏醒？

一定要有大智大勇者——
那三落三起的大英雄，
团结一批真革命的雄才，
找出那铺天盖地的病根；
并且唤起全党猛省，
一起动手，切除那
个人迷信的毒瘤；
坚决戒掉那
嗜毒成瘾的迷信！
于是乎 东方的睡狮
这才拨浓雾而见阳光；
我们又有了一个
心明眼亮的领导核心。

我于是乎
醒了再醒——
原来我曾患过
双重的癌症：
一个是看得见的；
一个是看不见的。
一个是有形的；
一个是无形的。
当我大病初愈，
大梦初醒，
我提醒自己，
也提醒我的邻人：
要警惕，
再警惕啊，

我们要做
　　　智勇双全的人！

2000.12.7—8 上午

敬　　礼
——《从伊江到怒江》殿尾诗

敬礼！我们举起右手
向眼前的大雪山敬礼！
向身边的怒江敬礼！
向恩人傣族青年敬礼！

我们六十名革命青年，
大半是缅甸华侨子女，
冒着日寇的枪林弹雨，
喝退荒山虎豹的袭击，
跨过雪山这个鬼门关，
辞谢怒气腾腾的一江水，
我们安全地闯过来了！
我们贴身在祖国的土地，
祖国的土地是温暖的。
我们向祖国母亲敬礼！

敬礼！怒江边上
英雄的傣族青年！
你们冒着杀身之祸，
渡我们到安全的对岸。

敬礼！怒江断桥边

坚守岗位的邮政人员，
刚指点我们脱离险境，
就遭到鬼子骑兵摧残！

敬礼！雪山上一路倒毙的
侨胞父老和兄弟姐妹！
你们一心投向祖国怀抱，
却没能喝上一口怒江水！

敬礼！我们最忠勇的
战工队队长魏磊同志！
你是最好的共产党员，
我们的好队长好兄弟。
你在伊江上舍己救人，
葬身在悲痛的伊拉瓦底！

敬礼！我们的祖国母亲！
又一支归国青年向您报到！
为了祖国光辉的明天，
我们愿舍身奋斗到底！

2000.12.12 晨

附录：

抗美援朝[①]

今天正遇着过新年，在座大家都得闲：我要来一段数来宝，表一表为什么要抗美援朝鲜。

美帝本是个大强盗，血债如山数不完；援助蒋匪打内战，害得我中国不得安。妄想统治全中国，哪知蒋贼不露脸。勉强挣扎四年多，抓丁抢粮闹翻天。八百万军队被消灭，外搭六十亿美元。逃命退出大陆地，垂死挣扎在台湾。美帝越看越着急，赶出中国心不甘。决意亲自来出马，赖着不走在南朝鲜。一心还要回中国，加紧准备侵略战。扶植日本法西斯，假释侵华战争犯。栽培傀儡李承晚，又和老蒋狼狈为奸。妄想吞并全亚洲，忘记人民有铁拳！美帝经过布置后，自觉兵强武器全。就在六月二十五，疯狂越过三八线。歹贼亲自作指挥，进犯民主北朝鲜。保国卫民的人民军，英勇机警又善战。奋起抵抗为正义，打得匪帮抱头鼠窜。美帝后悔估计错，损兵折将好悲惨。非法篡掳联合国，操纵通过"侵朝"案。威胁仆从出炮火，送到朝鲜当炮眼。明知前来要送死，无奈要用美国钱。强盗之间多矛盾，狗争骨头最后同完蛋！亲凑军队刚送到，还是不够填炮眼。无敌朝鲜人民军，转眼快要到釜山！恼羞成怒老美帝，慌忙四处拉兵员。牵来四万送死鬼，还有飞机和战船。疯狂扩大侵略战，冒险登陆在仁川。奸淫烧杀真残暴，血火乌烟遮青天。和平城乡化焦土，江水变红好凄惨。中国人民隔岸望，心中好似滚油煎。中朝两国是兄弟，手足深情割不断。过去

[①] 本篇是数来宝曲词，发表于1950年《群众文艺》第3期，署名华夫。未曾收入自编作品集和文集。

朝鲜帮中国，打过八年抗日战。并肩出生和入死，血洒黑水长白山。帮助解放全中国，这些我们都看见。于今朝鲜被侵略，怎好看着不管？这些事情还不算，侵略我国更明显。第七舰队全出动，武装盘据我台湾。侵略朝鲜是借口，打回中国是老算盘。全力干涉东南亚，阻挠人民力量发展。梦想重登中国地，选用朝鲜作跳板。抄袭日寇老道路，再版东亚共荣圈。提出东亚共荣圈，不由叫我好心酸。生活如同当牛马，受苦受难十四年。穿的只有更生布，吃的豆饼橡子面。东北光复解放后，农民分房又分田。从此不再受压迫，丰衣足食乐颠颠。工人阶级有力量，不久工厂都冒烟。过去工人怕失业，于今工厂把人添。个个发挥积极性，工人劳动有保险。薪资不断往上升，生活普遍都改善。经济建设有成就，这不过是开头第一年。越过生活越能好，自由幸福学苏联。毛主席的领导好，人民专政掌大权。多少烈士抛头颅，前仆后继为今天。光芒四射照世界，鱼鳖虾蟹心胆寒。美帝失败心不死，千方百计找麻烦！自从八月二十七，美机连续来侵犯。越境侦察机扫射，沿江各处投炸弹。海盗又在公海内，炮击盘查我商船。侵犯我主权杀戮我同胞，最近越来越频繁。一度窜入楚山市，隔江发炮四五天。打死耕田牛和马，打坏民房多少间。帝国主义鬼把戏，中国人民早看穿。周总理早有声明，民主党派发宣言。东方的事情东方管，勿须别人来纠缠。要求撤回侵略局，中国才能得安全！门窗坏了屋里冷，嘴唇破了牙齿寒。近邻失火要抢救，不然自己受牵连！救邻就是救自己，卫国必须援朝鲜！抗美援朝是急务，保家卫国不容缓。全国人民齐奋起，自愿报名上朝鲜。抗美不仅为道义，切身利益相关联。保卫幸福好光景，保卫快乐新家园。赶忙交上好公粮，组织担架到前线！为了打败美国鬼，出车出马都情愿。青年热血已沸腾，学生投笔把军参！自愿输血和救护，报名何止几万千。工人加紧搞竞赛！挑战应战搞得欢！工商业家不落后，买完公债就交款。人民深知亡国恨，决心宣誓来支援！强大中国志愿军，未从过江丧敌胆。先头部队刚才到，歼敌一万零三千。收复城镇十几座，战局立刻就扭转。麦克阿瑟叫"总攻"！不过两天又破产！平壤胜利得解放，贼众胆寒向南逃。美帝要不快撤兵，保证一个难回还。敌军本来士气低，每天哭得泪涟涟。军火物资消耗尽，后方遥远补给难。朝鲜人民游击队，严重威胁运输队。冰天雪地天气冷，没有棉衣难御寒，有的只穿三层布，冻坏手脚冻破脸，美国人民已觉悟，一定不能再受骗。国内的经济有危机，如同快要爆发的大火山。野兽临死图挣扎，叫嚣使用原子弹。和平阵容空前大，人民有力量办战犯。和平必须来争取，炸弹要用炸弹还。万一三次大战起，帝国主义一命完！帝国主义一命完！